Vivre ne suffit pas

Jean Désy

Vivre ne suffit pas

Anthologie

Préface d'Yves Laroche
Choix des textes : André Bresson, Yves Laroche
et André Trottier

XYZ

Catalogage avant publication de Bibliothèque et Archives nationales du Québec et Bibliothèque et Archives Canada

Désy, Jean, 1954-

Vivre ne suffit pas

(Étoiles variables)

Comprend des poèmes.

ISBN 978-2-89261-640-8

1. Désy, Jean, 1954- . 2. Médecine — Anthologies. I. Titre. II. Collection: Étoiles variables.

PS8557.E876V58 2011 C848'.54 C2011-940417-6
PS9557.E876V58 2011

Les Éditions XYZ bénéficient du soutien financier du gouvernement du Québec par l'entremise du programme de crédit d'impôt pour l'édition de livres et de la Société de développement des entreprises culturelles du Québec (SODEC). L'éditeur remercie également le Conseil des arts du Canada de l'aide accordée ą son programme de publication.

Financé par le gouvernement du Canada | Canada

Conception typographique et montage: Édiscript enr.
Maquette de la couverture: Zirval Design
Photographie de la couverture: Isabelle Duval, *Medicine Bow, Wyoming, 1er juillet 2010*
Photographie de l'auteur: Isabelle Duval

ISBN version imprimée: 978-2-89261-640-8
ISBN version numérique (PDF): 978-2-89261-661-3
ISBN version numérique (ePub): 978-2-89261-677-4

Dépôt légal: 1er trimestre 2011
Bibliothèque et Archives nationales du Québec
Bibliothèque et Archives Canada

Diffusion/distribution au Canada:
Distribution HMH
1815, avenue De Lorimier
Montréal (Québec) H2K 3W6
www.distributionhmh.com

Diffusion/distribution en Europe:
Librairie du Québec/DNM
30, rue Gay-Lussac
75005 Paris, FRANCE
www.librairieduquebec.fr

Imprimé au Canada

www.editionsxyz.com

Un supplément d'âme

> La littérature est la preuve que la vie ne suffit pas.
>
> FERNANDO PESSOA

Si les créateurs célèbrent volontiers « la froide merveille de vivre » (Pierre Morency), ils s'entendent généralement pour dire que vivre ne suffit pas, ce qui est le cas pour Jean Désy, pourtant si bon vivant, véritable incarnation du mouvement : il a fait une maîtrise en philosophie, un doctorat en médecine et un autre en littérature ; il enseigne ces deux dernières disciplines à l'Université Laval ; il pratique la médecine depuis plus de trente ans, tantôt au Québec — notamment dans le Grand Nord —, tantôt en Russie et en Nouvelle-Zélande ; parfois au péril de sa vie, il a traversé des océans, des déserts de glace, gravi de très hautes montagnes en Europe, en Afrique, au Népal, seul, avec des amis ou encore avec l'un de ses quatre enfants ; il participe régulièrement à des activités littéraires (récitals, rencontres, conférences, ateliers), ici ou ailleurs. À travers tout cela, il a trouvé le temps d'écrire et de publier une trentaine d'ouvrages littéraires : des recueils de poésie, de nouvelles, de méditations, d'essais, des carnets, des romans, des récits, des lettres, une pièce de théâtre. Si vous l'interrogez à ce propos, il vous dira qu'il n'a encore rien fait, que tout reste à faire, surtout le chef-d'œuvre.

Jean Désy a l'humilité des grands de ce monde. Il appartient à la communauté des écrivains-voyageurs et à celle des médecins-écrivains, mais peut-être surtout à la belle grande famille des humanistes qui croient profondément en la nécessité de la littérature. Comme l'a si bien dit le poète Claude Roy, « la littérature est parfaitement inutile : sa seule utilité est qu'elle aide à vivre ». Parmi ces humanistes, qui prouvent que la littérature appartient à tout un chacun, quel que soit son domaine, citons le mentor de Jean Désy, Louis-Edmond Hamelin, géographe et linguiste, créateur du concept de nordicité, les anthropologues Bernard Arcand et Serge Bouchard, la spécialiste en administration Patricia Pitcher, l'astrophysicien Hubert Reeves. À une dame qui lui demandait ce que son fils devait lire pour exceller en science, Albert Einstein répondit : « Des contes de fées ». « Oui mais après », insista la dame : « Encore des contes de fées ! » C'est donc dire toute l'importance qu'accordait à la littérature et à l'imagination l'un des plus fameux cerveaux de l'histoire de l'humanité.

Mais Jean Désy a beau vibrer surtout pour et par la littérature, il demeure lucide, se garde bien de l'idéaliser. Certes, il croit qu'un étudiant en médecine (ou n'importe qui) a avantage à fréquenter les chefs-d'œuvre universels pour agrandir son humanité, connaître la psyché humaine, les ficelles du Mal, pour apprendre à écouter l'Autre, à décoder son récit, à lire entre les lignes. Cependant, il n'est pas dupe. D'une part, il ne croit pas que la littérature rende forcément meilleur. Une certaine littérature, haineuse à souhait, en témoigne. D'autre part, on ne lit pas un poème à quelqu'un qui arrive à l'urgence avec les os brisés : ce serait d'un ridicule consommé. Pour réparer le corps souffrant, on sera davantage avisé d'utiliser les outils de la science mécaniste. Mais que fait-on devant une femme victime d'un viol collectif ou devant un adolescent qui a tenté pour la énième fois de se suicider ? C'est peut-être là que la science de l'homme que fournit la littérature s'avère plus utile que l'approche techniciste, froide, de la médecine moderne. Que peut une machine sophistiquée devant une âme en lambeaux ?

Toute l'œuvre de Jean Désy, pétrie d'un amour exigeant pour l'univers et l'humain, est un mouvement dialectique entre des forces moins contraires que complémentaires, un va-et-vient nécessaire, difficile, fécond, entre la science et la spiritualité, entre la solitude et le commerce des humains, entre la méditation et l'action, entre la ville et la nature, entre le Nord et le Sud, entre l'Orient et l'Occident, entre la lecture et l'écriture, entre vivre et créer. Selon Michel Tremblay, les auteurs s'inspirent du réel pour écrire ; grâce au recul dont ils disposent, ils rendent la vie plus intelligente, plus savoureuse. Puisque la vie ne suffit pas, la littérature tente, par la magie des mots, de combler le manque à gagner ; elle fournit le supplément d'âme dont parlait Baudelaire, le roi des poètes. C'est notamment ce qu'offrent à lire avec maintes modulations les textes de Jean Désy, dont l'œuvre est une exemplaire quête de sens : elle montre un chemin possible vers une humanité meilleure ; elle nous dit aussi que notre séjour sur Terre est proprement inouï. Il suffit d'écouter le chant du monde et des hommes pour s'en convaincre.

Yves Laroche
Cégep de Sainte-Foy

Médecine et poésie

Par les soirs bleus d'été, j'irai dans les sentiers,
Picoté par les blés, fouler l'herbe menue:
Rêveur, j'en sentirai la fraîcheur à mes pieds.
Je laisserai le vent baigner ma tête nue.
Je ne parlerai pas, je ne penserai rien:
Mais l'amour infini me montera dans l'âme,
Et j'irai loin, bien loin, comme un bohémien,
Par la Nature, — heureux comme avec une femme.

ARTHUR RIMBAUD, *Sensation*

Je suis médecin. Un médecin qui travaille dans une certaine marginalité, certes, mais qui travaille. Qui gagne sa vie et celle de sa famille. Qui soigne. Ou qui tente de soigner. Qui souffre. Qui se sert de sa propre souffrance pour rester compatissant.

Hier, quand je me suis arrêté chez un ami qui avait accepté de lire un de mes textes, je me suis rendu compte qu'il toussait beaucoup. Il toussait depuis une semaine. Évidente bronchite contractée auprès de son coloc qui, lui, avait toussé pendant près d'un mois. Bronchite à mycoplasme, probablement, facile à guérir si l'on accepte d'être traité avec les antibiotiques appropriés. J'ai été heureux d'être utile à cet ami, de me trouver chez lui pour mieux le questionner, pour mieux «sentir» quelle était cette maladie qui le dérangeait tant. Il toussait aux dix secondes, essoufflé, lui qui ne fume pas, lui qui n'a même pas trente ans. Son chandail relevé, alors qu'il était assis sur une petite table du salon, j'ai posé mon oreille dans son dos, tout à fait comme les vieux médecins faisaient avant l'invention du stéthoscope. Je n'avais aucun instrument en ma possession. J'ai cependant pu fort bien écouter ses poumons, cherchant des râles, apposant fermement mon oreille contre la peau du dos sur plusieurs quadrants différents, changeant de position de manière logique pour ausculter tous les lobes. Il n'est pas chose courante d'examiner un patient de cette façon ! Tout de même, mon ami était content que je me préoccupe de sa toux. Quand j'ai eu terminé, avec l'histoire qu'il m'avait racontée, je lui ai prescrit un antibiotique pas cher que je sais utile contre ce genre d'affection. Comme pour me débarrasser de ma petite gêne de l'avoir ainsi ausculté, je lui ai dit que le stéthoscope avait été inventé parce que les médecins de l'ancien temps qui visitaient les grosses femmes à la maison devaient en avoir assez de se retrouver la tête sous des seins énormes qui cherchaient à les étouffer ! Mon ami a souri. Il n'a même pas pensé à me présenter sa carte d'assurance-maladie. En tant qu'ami, on ne pense pas à la rémunération de quelqu'un qui se présente de manière si inhabituelle. Il m'a dit qu'il allait de ce pas chercher le médicament. Il avait hâte de guérir. Je suis reparti de chez lui tout guilleret. J'avais encore une fois été soignant, heureux de n'avoir pas été vraiment médecin tout en l'étant, malgré tout.

Il faut croire en des valeurs qui vont au delà des puissances de la science, bien que la science soit utile, si extraordinaire très souvent. Parmi ces valeurs, la plus essentielle demeure l'amour, même si l'affirmer est une évidence. Au bout du chemin, comme dès le début de tout chemin, à tous les instants de nos routes communes, il n'y a que l'amour qui compte. Sans l'amour, l'amour de l'autre comme l'amour du pauvre, il est fort possible que rien n'en vaille la peine. Pourtant, aimer, aimer vraiment, les autres comme soi-même, s'avère l'une des tâches les plus ardues qui soient. Dans ma vie, ce sont souvent les soignants qui m'ont donné le plus de problèmes, plus que les malades eux-mêmes, comme si le monde de la maladie avait le pouvoir de contaminer les soignants en les rendant souffreteux ou orgueilleux, et difficiles à aimer.

On devient médecin en apprenant des masses de choses, en acquérant des connaissances qui permettent, entre autres, de jongler avec des médicaments de plus en plus puissants, extrêmement efficaces. Intellectuel, je me suis senti toute ma vie, même si c'était pour me couper des sources émues de mon âme, capable de pleurer devant un lilas en fleurs, même si j'ai souvent rué dans les brancards en réfléchissant à la misère du monde (et parfois extrême misère d'autrui). Pourtant, un jour, je me suis dit que l'univers poétique valait mieux que l'univers scientifique, que dans la poésie résidait l'essence du monde et de sa Vérité, bien que, depuis ce temps, j'aie buté contre l'extrême difficulté de faire coïncider science et poésie, comme si les deux devaient éternellement s'opposer. Au poète qui est parvenu à énoncer une vérité qui touche aux émotions les plus essentielles (Saint-Denys Garneau ou Arthur Rimbaud, par exemple), le monde contemporain ne demande pas d'expliquer ou de réfléchir. On croit que le poète n'a qu'à chanter, jongler ou danser, et que l'exégète, lui, le professeur, rendra compréhensible le magma poétique sorti de la bouche du récitant, du beau fou stimulé par les Muses. Ce monde-ci démontre un épouvantable état de scission, qui dure depuis trop de siècles, et cela m'a toujours été désagréable. Que le poète puisse chanter le monde avec autant d'« intelligence » que d'émotion me ravit, me rassure, me donne des ailes et fournit du sens à mon existence qui, souvent, s'est frottée à la souffrante acuité de la détresse humaine.

Que la souffrance soit le lot de l'humanité en marche, soit ! Mais que l'absurdité retire toute valeur à la souffrance, et conduise à tous les suicides, je dis non, je veux dire non, je souhaite me révolter, je me révolte, bien que cela me demande une puissante énergie qui doit quotidiennement être renouvelée. Sans la présence de certains êtres exceptionnels (virtuels, parfois, dans le cas d'auteurs que je ne connaîtrai jamais en personne, comme Hermann Hesse, Albert Camus, Carl Gustav Jung, Jacques Ferron ou Théodore Monod), j'aurais peut-être baissé les bras en avouant mon impuissance, me contentant de courir les bois ou la toundra à la rencontre de ce que la nature m'a toujours donné, c'est-à-dire la paix et le sentiment d'être au bon endroit au bon moment, au meilleur de moi-même pour les miens comme pour les fols qui acceptent de me suivre.

La poésie demeure une anomalie, une douleur, un cri jeté à la face de l'univers. C'est peut-être pourquoi, après avoir touché à l'essence poétique, Rimbaud sentit l'intense besoin d'aborder l'autre versant de sa vie, plus rude, plus prosaïque, plus mortel, mais plus simple aussi. En état d'« apoésie », on sait pourquoi un doigt écrasé fait mal. En état poétique, une âme écrabouillée laisse son souffrant dans le brouillard le plus total :

> *Je suis le saint, en prière sur la terrasse, — comme les bêtes pacifiques paissent jusqu'à la mer de Palestine.*
> *Je suis le savant au fauteuil sombre. Les branches et la pluie se jettent à la croisée de la bibliothèque.*
> *Je suis le piéton de la grand'route par les bois nains ; la rumeur des écluses couvre mes pas. Je vois longtemps la mélancolique lessive d'or du couchant.*
> *Je serais bien l'enfant abandonné sur la jetée partie en haute mer, le petit valet suivant l'allée dont le front touche le ciel.*
> *Les sentiers sont âpres. Les monticules se couvrent de genêts. L'air est immobile. Que les oiseaux et les sources sont loin ! Ce ne peut être que la fin du monde, en avançant*[1].

Je fus un jour envoûté par les *Illuminations* de Rimbaud. Je n'avais pas les moyens de décortiquer ce texte. Pourtant, je voyais se dérouler, page après page, des portions de l'abîme dans lequel un jeune homme était tombé. C'était écrit, noir sur blanc, grâce à des voies plus complexes que celles du langage logique et compréhensible. C'était inscrit dans la matière même de ma langue, de toute langue, de LA langue

1. Arthur Rimbaud, *Poésies/Une saison en enfer/Illuminations*, Paris, Gallimard, 1988, p. 158-159.

tout court, l'*Ur-sprache*[2]. C'était plus mon instinct que mon entendement qui participait à la poésie de Rimbaud. Quand j'ai eu terminé ma lecture, quand j'ai su que le poète avait achevé l'essentiel de son œuvre à dix-neuf ans, puis qu'il s'était mis à courir le monde à l'aventure, je me suis dit que cet homme avait probablement senti l'obligation de passer à d'autres actes de réalité pour survivre, afin de ne plus devoir affronter l'état d'enfer dans lequel il avait sombré. Rimbaud avait appréhendé que sa tâche de voyant s'achèverait très tôt dans sa vie. Il se devait de partir pour un voyage dont il ne reviendrait pas, ou dont il reviendrait exsangue, mortellement blessé, d'une de ces Abyssinie si nécessaires aux aventuriers. Rimbaud souhaitait-il tout simplement réintégrer le monde des petits mystères de la vie d'homme, se nourrir de gibier comme du vent qui fouette le visage et fait comprendre que l'essentiel est ailleurs? Plus que nul autre, il mit les pieds dans l'antichambre de l'outre-vie. En quelque sorte, la poésie faillit être son gouffre. Vivre pour exprimer le monde et ensuite chuter, voilà ce que j'ai retenu de ma lecture de Rimbaud. Le poète eut l'éclair de génie de montrer que le christianisme avait erré, depuis l'Europe des Lumières, et que les humains en avaient fait une machine de guerre. Rimbaud montra toute sa dignité quand il affirma que la clef de toute œuvre-vie était la charité, mais pas n'importe laquelle: celle de rester en quête. C'est alors qu'il choisit l'exil et cessa d'écrire.

Peut-être nous adonnons-nous à la littérature pour sentir que bien des doutes s'estompent, à certains moments privilégiés de notre existence, et que la vérité, transcendante, celle qui dépasse de loin notre petite vie individuelle, existe, mais toujours dans le brouillard.

2. L'*Ur-sprache*, c'est l'idiome d'avant la multiplication des langues, cette forme originelle que bien des mystiques ont cherchée.

Et quel brouillard! Les œuvres les plus déterminantes du corpus universel semblent toujours les plus inaccessibles, car fondées sur les plus insaisissables aspects de l'âme humaine. Il en va ainsi pour *Hamlet*, de Shakespeare. Un homme, même prince, peut-il être sauvé de la folie lucide qui le fait tant procrastiner, mais qui le pousse néanmoins au meurtre, au «parricide» d'un oncle criminel qui a tué son vrai père, puis épousé sa mère?

Le conflit est profond. Hamlet écoute des voix spectrales qui ont toutes les apparences de voix psychotiques. Hamlet est fou, mais cela ne paraît pas toujours, loin de là. Un irrationnel qui écoute ses pulsions ne souffre-t-il pas d'une certaine folie qui pourrait, malgré tout, avoir l'air tout à fait raisonnable? Et qu'est-ce que la folie, vraiment? On sait bien que la totale et irrépressible détresse mentale qui emmêle toutes les pensées et les émotions ne peut soutenir une vie normale. Mais d'autres folies, bien plus subtiles et plus perverses, n'existent-elles pas? Certains personnages qui gravitent autour d'Hamlet entendent, eux aussi, les voix du spectre. La folie n'est-elle pas contagieuse? Les humains ne sont-ils pas des êtres éminemment contaminables par la folie des autres, d'un Autre quand il sait être diabolique? On n'a qu'à penser à Hitler, à Staline, à Pol Pot, à Ceaucescu… Fou ou pas, Hamlet entend la voix vengeresse et passionnelle, l'écoute et suit ses directives. Aveuglé, il n'a plus qu'une idée: se venger. À un moment, il doit même «mimer la folie» afin de poursuivre ses buts. Hamlet devient habité par une réelle folie vengeresse, mais intelligente et lucide. Hamlet veut tuer, et il tuera. La volonté finit par faire taire toute espèce d'émotion plus «saine», plus sage ou plus aimante. Hamlet mène sa destinée avec une volonté qui fait frémir. Car Hamlet, un peu comme Œdipe, dans la pièce de Sophocle, est un être d'une extrême intelligence, bien que cette intelligence dépende de la plus «pâle pensée», comme il est écrit dans *Œdipe-Roi*. Un destin morbide conduit Hamlet vers la tragédie. Pourtant, Hamlet aimait Ophélie lorsqu'il écrivit:

Dans la blancheur exquise de ton sein [...]
Doute que les étoiles soient du feu
Doute que le soleil se meuve
Doute de la vérité même.

Mais ne doute pas que je t'aime. Ô chère Ophélie,
je suis maladroit dans l'art des rimes, je ne sais pas scander
mes soupirs, mais que je t'aime par-dessus tout, ô toi
qui vaux plus que tout, n'en doute pas. Au revoir[3].

Malgré cet amour, fou de rage, croyant que Claudius l'épie, Hamlet s'écrie: « Un rat, un rat! » De son épée, il frappe la personne cachée derrière une tenture, dans la chambre de sa mère. Polonius, le père d'Ophélie, tombe. Hamlet n'a aucun regret. La culpabilité n'est pas souvent le lot du vengeur. Ophélie pouvait-elle quelque chose contre cet acte abominable? On ne le dirait pas. À cause de son amour frêle, de son passé de jeune fille bien élevée, Ophélie n'a pas les moyens de réagir. Pour sauver Hamlet, il aurait fallu qu'elle soit une furie, une égérie, mère Teresa! Quand son frère meurt à son tour, de la main de son amoureux encore une fois, Ophélie ne peut survivre. Dans l'eau de ses larmes, elle se laisse aller. Le destin d'Hamlet était-il trop intense, trop commandé d'avance, c'est-à-dire dirigé par des forces essentiellement tragiques (auxquelles croyaient les Grecs de l'Antiquité) pour que l'amour si simple d'Ophélie y puisse quelque chose? Hamlet avait bel et bien clamé: « Dans la blancheur exquise de ton sein... » Pourtant, le suicide de son amoureuse devient pour lui quasiment anecdotique. La pièce se termine sur une totale tragédie.

Questionnons-nous sur la rédemption. Hamlet avait-il le pouvoir de ne pas tuer? la force? le courage? la volonté? Où se terre l'amour quand le destin conduit quelqu'un vers son plus grand mal? Lire *Hamlet*, l'étudier pour le comprendre, le relire permet-il de ne pas être entraîné vers son plus fort destin, même si celui-ci doit être indigne? Lire,

3. William Shakespeare, *Hamlet*, traduction de Yves Bonnefoy, Paris, Gallimard, 2003, p. 80.

écrire, créer du théâtre comme le jouer empêche-t-il le Mal? Bref, la littérature rend-elle meilleur?

Et qu'est-ce qu'être « meilleur » ? Être plus aimant, plus compatissant, plus droit, plus inébranlable devant la faiblesse des autres et de soi-même, tout en restant aimant? Oui, un peu, évidemment. Mais cette évidence est si facile à exprimer en paroles, et si difficile à mettre en pratique dans la vie quotidienne. L'art aide-t-il à vivre mieux ou n'est-il qu'un simple dérivatif, une manière d'exprimer ce qui « pourrait être meilleur » chez l'humain, mais toujours et éternellement pure représentation ? L'implacable ordinaire de la vie ne semble surtout pas demander des œuvres ni de l'art ni même de la poésie. Le réel conduit lui-même vers un destin implacable : la mort. Croire au « progrès » de l'humanité, est-ce avoir vécu en aveugle, en sourd et en idiot pendant toute la durée du XXe siècle? Qui oserait prétendre maintenant que le XXIe siècle annonce tant de « progrès » ?

Il n'en demeure pas moins que la poésie émeut, tout comme la musique, et que cette émotion est capable d'engendrer le plus grand bien. La musique est certainement ce qui rapproche tout lecteur-auditeur de l'essence du monde. En lisant, en écrivant, en regardant, en écoutant, on se trouve parfois rasséréné, frôlé par la vérité, malgré l'apparent chaos, malgré les puissances du seul hasard. La musique est probablement l'aboutissement suprême de la vie humaine. Lire un poème, me disait un ami, lire et s'émouvoir d'un texte sans en saisir tout le sens, se rapproche du fait d'entendre une musique, la musique ayant cette qualité suprême de bouleverser sans qu'on connaisse vraiment son langage. Mais la question reste entière : les arts rendent-ils meilleur? À ce moment-ci de la « grande marche en avant » collective, au moment où tant de découvertes scientifiques s'additionnent sur les centaines de millions de pages de la Toile, est-il encore possible d'empêcher la catastrophique robotisation dans laquelle l'humanité paraît s'engouffrer?

Kafka fut un réel prophète quand il sentit que le bureaucratisme allait jeter des centaines de millions d'individus dans bien pire que ce qui se passait au Moyen Âge. La littérature a-t-elle contribué à retarder la déchéance et les indignités du machinisme et de la robotisation contemporaine la plus sordide ? Sept milliards d'humains, demain, se contenteront-ils de livrer leurs joies et leur destin à un petit écran où des gens sont payés pour inventer les pires insignifiances qui aient jamais été créées depuis que le monde est monde ? Si je suis Hamlet, appelé à me saborder par une force qui me dépasse, quelle Ophélie de littérature, de poésie, de musique et d'amour pourrait même, pendant quelques secondes, penser changer quelque chose à ma condition ?

En résumé, les arts, quels qu'ils soient, ont-ils une fonction éthique ? Ou bien l'humanité est lancée dans une hystérique course en avant, esthétique et brillante, tant scientifique qu'artistique, mais qui la conduit à toute vitesse vers son gouffre, ou bien il y a espoir. D'où vient cet espoir ?

S'adonner à la littérature permet sans conteste de construire sa propre vision du monde (la *Weltanschauung*). Ainsi, grâce à certains textes plus fondamentaux, un lecteur attentif en arrive probablement à se protéger des diktats totalitaires que ne cessent d'imposer la plupart des sociétés, sinon toutes, comme certains « élus », certains dictateurs se permettent d'imposer des visions qui finissent par n'être que des transgressions des lois les plus simples de la vie humaine, de la vie tout court. En littérature, c'est la douce folie, de même que la mise en situation d'impossibles réalités — tragédies absolument insolubles —, qui permet de tolérer ce qu'est la vie elle-même, c'est-à-dire joie et peine entremêlées, chagrin et jubilation entrecroisés, naissance et mort faisant partie d'un seul et même tourbillon existentiel, jusqu'à l'épreuve suprême, épreuve qui fait tant couler d'encre, épreuve qu'un personnage comme Faust souhaita gagner, même au prix de ce qu'il y avait de plus précieux en lui, son âme.

Pour tenter de comprendre le conflit existant entre l'esthétique et l'éthique, il y a donc mille raisons de lire *Faust* de Goethe, de même que le *Tao-Tö-King* de Lao-Tseu, aussi *Regards et jeux dans l'espace* de Saint-Denys Garneau. Comprendre, oui, bien qu'on pressente qu'il est toujours vain de tenter de tout comprendre. C'est dans la poésie, et dans la poésie rimbaldienne en particulier, comme dans quelques grands romans russes, que se trouvent certains éléments de réponse à la condition humaine, dans l'irrationalité profonde d'*Une saison en enfer*, ou dans l'ébullition des âmes des *Frères Karamazov*, en dehors de toute pensée logique. Dans la plongée vers l'état poétique que commande la lecture de Rimbaud, les sens, tous les sens sont mis à contribution, mais sans la gouverne exclusive de la rationalité. Ultimement, c'est par sa poésie que la littérature devient peut-être la plus utile dans cette poursuite du « meilleur de soi-même », bien que mieux connaître les autres et leur âme puisse devenir un abominable piège pour quiconque acquiert quelque habileté à comprendre les autres. Car alors, il y a la possibilité de les manipuler tout en cessant d'aimer. Et le pouvoir, constamment, se trouve aux antipodes de l'amour.

Dans un essai intitulé *Prométhée, Faust, Frankenstein*, Dominique Lecourt cite Pic de la Mirandole qui, avec Giordano Bruno et Paracelse, au Moyen Âge, avait saisi ce que nous avons cessé de prendre en considération, nous, modernes, mais que certains poètes s'acharnent à ne pas laisser oublier, c'est-à-dire que ce n'est que dans l'amalgame le plus sacré des fonctions rationnelles et irrationnelles réunies que l'humanité peut espérer ne pas courir à sa perte :

> *Finalement, j'ai cru comprendre pourquoi l'homme est le mieux loti des êtres animés, digne par conséquent de toute admiration, et quelle*

est en fin de compte cette noble condition qui lui est échue dans l'ordre de l'univers, où non seulement les bêtes pourraient l'envier, mais les astres, ainsi que les esprits de l'au-delà. Cette raison ne tient nullement à la place éminente que lui aurait attribuée le créateur sur l'échelle des êtres, conformément à l'explication classique. Elle ne tient donc pas à une perfection particulière de sa nature. Elle renvoie au contraire à ce que paradoxalement l'homme n'a pas de nature au sens où il en a été attribué une aux autres êtres. [...] *Dieu s'adresse à l'homme en ces termes: « Si nous ne t'avons fait ni céleste ni terrestre, ni mortel ni immortel, c'est afin que, doté pour ainsi dire du pouvoir honorifique de te modeler et de te façonner toi-même, tu te donnes la forme qui aurait eu ta préférence*[4]. »

Dans l'univers des fonctions rationnelles et irrationnelles réunies, l'être humain n'a peut-être qu'une seule raison d'être et d'agir sur terre: en montrer la Beauté. Rester aux aguets afin de saisir la beauté du monde demande toutefois une énergie folle, de même qu'une lucidité totale et vraie qui est « la blessure la plus rapprochée du soleil », pour reprendre la parole de René Char.

Que puis-je dire à une femme qui se présente à l'urgence cassée en deux par les terribles douleurs d'une pancréatite aiguë ? Puis-je lui réciter un poème ou dois-je plutôt tenter de tout mettre en branle pour la soulager dans son corps, tout simplement ? J'injecte un calmant (la science médicale produit de bons analgésiques), je l'hydrate, puis je la transfère ailleurs, dans un hôpital où travaillent des spécialistes (comme j'exerce la médecine dans le Grand Nord, je dois souvent me servir des avions. Même déglingués, ces engins s'avèrent infiniment plus rapides que les traîneaux à chiens !). En état de modernité, avec les aléas mais aussi les effets positifs de la science et de la technologie, il faut avouer que la poésie nordique demeure toute relative, même

4. Dominique Lecourt, *Prométhée, Faust, Frankenstein/Fondements imaginaires de l'éthique*, Paris, Livre de Poche, 1996, p. 186-187.

si l'on souhaite croire en la poésie, même si l'on a foi dans le chamanisme archaïque, essentiel et hyperboréen qui accompagne toute injection d'analgésique.

Je n'ai pas le choix de ma foi en la valeur de la littérature. Elle me vient du plus profond du ventre comme de ma conscience rationalisante, des deux à la fois, bien que je demeure prisonnier d'un monde extrêmement terre à terre, particulièrement en relation avec l'exercice de mon métier. Il m'apparaît excessivement difficile de jumeler les idéaux de la poésie et l'incontournable réalité des douleurs abdominales qui font vomir, ces souffrances se conjuguant avec mille autres difficultés de tous ordres, sociales, économiques, psychiques, métaphysiques. Quel poète honnête pourrait espérer changer le monde afin d'en diminuer réellement la souffrance? Pourtant, tout poète sent bien qu'en dehors du monde des arts, rien n'a vraiment de sens, et que la souffrance humaine, qui a tous les pouvoirs d'être totalement insensée, reste primordiale dans son rapport intime avec le bonheur, dans la création du bonheur elle-même. Tout poète pressent que le mystère de la vie peut se résoudre, et se résout, au cours de très brefs moments le plus souvent, avec les mots et par les mots, en un éclair, avec les souffrances que cela comporte, un peu comme la lumière d'automne possède l'incommensurable qualité d'incendier le feuillage des bouleaux du Moyen Nord.

Dieu que je souffre parfois comme soignant! Le dilemme est majeur. J'ai besoin de poésie, et quand ma sensibilité poétique s'avive, je deviens incapable de supporter la maladie et la mort. Alors, à toute vitesse, il me faut à nouveau retomber dans l'apoétique du monde, bien que le contact avec cet apoétique produise en moi de violentes réactions. La poésie constitue pour moi une nécessité vitale. Mais toute exagération avec l'extase poétique conduit son ascensionniste vers la mort ou la destruction du corps, le corps demandant d'abord de simples choses comme de l'eau, des chants ou des cris de joie. Les petits enfants, naturellement, savent bien cela. Ils n'ont besoin d'aucune parole poétique, étant eux-mêmes « poésie », d'où cette constatation christique si importante : « Nul n'entrera dans le royaume des cieux s'il n'est pareil à ces petits. »

Animal de l'esprit, pareil à un enfant, révolutionnaire et invivable pour quiconque ne le suivait pas, Vincent Van Gogh a exploré le monde grâce aux couleurs. Sa vie quotidienne n'avait pas vraiment d'importance. S'est-elle muée en ce que son esprit souhaitait, c'est-à-dire en « plus-que-vie » ? Je crois que le dilemme que pose la poésie s'avère la plupart du temps impossible à résoudre du vivant de tout être. D'où l'irréalisme de la poésie, bien que ses racines restent ancrées dans un réel fondamental. Il faut accepter l'irréconciliable entreprise de la vie qui repose sur ce précepte si justement souligné par Kenneth White : « La poésie commence par un refus radical du monde. En cela, elle ressemble à la religion qui a son "royaume de l'esprit" et son "royaume qui n'est pas de ce monde" [5]. »

La poésie dépend dans les faits d'un horrible paradoxe : il faut accepter l'inacceptable, accepter que le refus radical devienne la pierre angulaire d'une vie qui ne pourra se vivre autrement que dans la souffrance et le rejet. Perdre sa vie pour la gagner : voilà un propos bien religieux, avant même que d'être poétique.

Aimer, pour un soignant, veut dire écouter et tenter d'aider. « Nous ne devons jamais oublier que l'expérience spirituelle est avant tout une expérience d'amour. Et, dans l'amour, il n'y a pas de règles. Nous pouvons bien essayer de suivre des manuels, de contrôler notre cœur, d'avoir une stratégie de comportements, tout cela ne sert à rien. C'est le cœur qui décide, et ce qu'il décide fait loi », me confiait un ami qui aime s'inspirer de Paulo Coelho.

5. Kenneth White, *La figure du dehors*, Paris, Grasset, 1978, p. 47.

Il y a quelques semaines, je rendais visite à une copine. Elle dort vingt heures par jour ces temps-ci. Son amoureux travaille quand elle se repose. Il est presque aussi fatigué qu'elle, mais il n'est pas malade, loin de là. Il aime profondément son amoureuse. Il travaille pour être avec elle, pour s'en occuper, pour gagner les sous qui les font survivre. Ils s'aiment. Elle, très lente, les yeux bleus, d'un bleu intense, elle a le visage bouffi à cause de la cortisone. Les médicaments lui sont pourtant utiles. Ses jambes sont des billots, elle souffre de phlébites aux mollets, elle rit si on fait des blagues, mais elle rit faiblement. Ce qui est remarquable, c'est qu'elle est encore capable de tendresse et d'accueil. Elle « est » amour. Il me semble que c'est le meilleur d'elle-même qui se manifeste. Elle aime son amoureux. Elle aime tout court. Elle regarde le monde avec délicatesse, bien qu'elle soit si souffrante. D'une petite pompe attachée à sa ceinture, un puissant analgésique est poussé à chaque heure dans l'une de ses veines. C'est ce qui la rend groggy. Autrement, son mal pourrait être intolérable. Elle a récemment été hospitalisée pendant plusieurs jours parce qu'elle avait trop mal. Le monstre s'est répandu dans son dos au cours des derniers mois, dans sa colonne vertébrale. Il envahit peu à peu les ganglions, les vaisseaux sanguins, les nerfs. Les métastases de son cancer rongent les nerfs et les os du bassin. La douleur pourrait à tout moment redevenir complètement affreuse.

Mon amie est décharnée. Ses bras ne sont que des os. Son corps s'en va à la dérive. Son amoureux est encore en amour avec elle, plus que jamais, à ce qu'il me semble. Il aime son âme, il ne peut aimer son corps détruit, mais ils s'aiment. Mon amie va mourir. J'ai la gorge qui se tord rien qu'à le dire. Je voudrais l'étreindre, mon amie, la rassurer, lui jurer que la vie après la mort est meilleure, mais je suis athée autant que croyant. Au fond, je ne crois en rien dès que je ne me fonds pas dans la toundra ou une rivière du Nord, dès que je m'éloigne des sources telluriques ou célestes. Si je suis nuage dans la toundra, si je suis brin de neige dans la taïga, si je suis rameau de tremble sur les rives d'un lac laurentien, alors, ça va, ma foi me permet de tolérer la souffrance, celle des autres et la mienne. Sinon, je suis perdu.

J'écris à propos de ma difficulté d'être heureux comme médecin dans une société que je trouve, souvent, puissamment insignifiante, mais société qui me nourrit bien, qui n'a pas que des défauts, je sais, mais société agonique, cynique, agnostique et heureuse de l'être, bien que les pires individus, les plus dangereux, demeurent les fous de Dieu. Je comprends que l'humanité ait eu besoin d'athéisme pour survivre à la profonde folie de tous les intégrismes. Pourtant, sans l'Absolu, sans l'absolu de Dieu ou de la Poésie, comment serait-il possible de tolérer l'existence humaine ?

J'écris donc. Mais la tâche de l'écriture comme art est horriblement complexe. Parfois, j'aurais envie de baisser les bras. Je me dis que le travail artistique demande trop. Et puis, deux heures ou deux jours plus tard, je me dis : l'art est éprouvant, mais c'est pour cette raison qu'il possède tant de sens. Rilke n'était pas un moins grand amoureux que mère Teresa. Saint-Denys Garneau a aimé le monde comme Jean Vanier l'aime toujours. L'un a fondé l'Arche pour mieux s'occuper des autres. L'autre a écrit :

Je ne suis pas bien du tout assis sur cette chaise
Et mon pire malaise est un fauteuil où l'on reste
Immanquablement je m'endors et j'y meurs.

Mais laissez-moi traverser le torrent sur les roches
Par bonds quitter cette chose pour celle-là
Je trouve l'équilibre impondérable entre les deux
C'est là sans appui que je me repose[6].

J'ai cuisiné un repas à mon amie mourante et à son amoureux. Ils ne se doutaient pas que j'arriverais chez eux avec du caribou frais. Ils ne s'attendaient pas à manger ma

6. Hector de Saint-Denys Garneau, *31*, Montréal, Boréal, 1993, p. 10.

nourriture. Quelques semaines plus tôt, j'avais abattu un caribou dans le Grand Nord. Nous avons bien ri pendant le repas. Puis est venu le temps que je reparte. Mon amie m'a envoyé la main par la fenêtre. Elle m'a montré que la bonté et la beauté sont encore possibles même quand le corps est désagrégé. Cette mort qui nous pend au bout des doigts est éprouvante, elle demeure ce qui peut nous arriver de plus catastrophique, mais aussi de plus fondamental.

Le monde contemporain juge sévèrement les actes de foi en même temps que toutes les intuitions au sujet de la pertinence d'une vie autre que celle de la réalité de nos jours. Mais il n'y a qu'à croire à la vie après la mort pour qu'elle existe. Tout est question de foi. Sans la foi, il n'y a que du réel, parfois drôle, trop souvent dramatique. Il y a lieu de croire en la rédemption, en la beauté des âmes, même mortes, croire voulant dire accepter des faits en dehors des fonctions raisonnables qui disent à quel point il est idiot de croire à la vie après la mort.

Vendredi dernier, mon amie malade vivait, comme elle vivra le dimanche précédant son enterrement. Mon amie vivra tant et aussi longtemps que nous alimenterons son souvenir. J'ajouterais que même après sa mort, elle vivra encore. Je le crois.

> *La raison de tous les jours, le bon sens commun, la science incarnant ce dernier sous une forme concentrée, conviennent pour un temps et pour une sérieuse étape, mais ne vont jamais au-delà des frontières de la réalité la plus banale et d'une normalité humaine moyenne. Au vrai, ils ne donnent aucune solution au problème de la souffrance psychique et de sa signification profonde. La psychonévrose, en dernière analyse, est une souffrance de l'âme qui n'a pas trouvé son sens. C'est de la souffrance de l'âme que germe toute création spirituelle et c'est en elle que prend naissance tout progrès de l'homme en tant qu'esprit ; or, le motif de cette souffrance est la stagnation spirituelle, la stérilité de l'âme.*
>
> *L'adaptation parfaite est certainement un idéal. Or elle n'est pas toujours possible ; dans certaines situations, il ne saurait y avoir d'autre adaptation qu'une patiente résignation.*
>
> *Par-delà le monde raisonnablement ordonné, une nature jugulée par la raison attend, avide de vengeance, le moment où la fragile*

barrière s'effondrera pour s'épandre, destructrice, dans l'existence consciente. Depuis les temps les plus reculés et les phases les plus primitives, l'homme a conscience de ce danger, le danger de l'âme ; c'est pourquoi il s'était créé des rites religieux et magiques pour se mettre à l'abri de cette menace ou pour guérir les dévastations psychiques qui avaient eu lieu. C'est pourquoi le medicine-man est toujours un prêtre, le sauveur aussi bien du corps que de l'âme, et pourquoi les religions furent toujours des systèmes guérissant les souffrances de l'âme. Cela est vrai en particulier [des] deux plus grandes religions de l'humanité, le christianisme et le bouddhisme. Ce qui soulage l'homme souffrant, ce n'est jamais ce qu'il imagine lui-même, mais seulement une vérité qu'il ressent comme supra-humaine, comme révélée, et qui l'arrache à son état de souffrance[7].

Ce qui me fait penser au bon docteur Rieux, dans *La peste* d'Albert Camus. Je n'aurai jamais son courage tenace devant l'adversité, courage humaniste mais totalement « étranger » à toute forme de spiritualité mystique. Je crois en la vie après la mort, mais avec la mort dans l'âme de n'avoir aucune explication logique ou cohérente à fournir, devant faire face au néant présenté par toute une pensée moderne, par tant de philosophes, par certains grands amis aussi, eux qui, au fond, vivent l'existentialisme athée de la manière la plus vraie, manière de vivre que je partage au quotidien, je le sais, mais que je rejette, au fond de moi, pour d'irrationnelles raisons. Comme le poète, je voudrais m'exclamer :

Je n'ai rien appris
je n'ai rien compris que cet arbre
qui s'agrippe à la terre[8]

Un jour, j'ai reçu à l'urgence d'un hôpital inuit un enfant de quinze mois qui se trouvait dans le coma après avoir fait une chute sur la tête. Je l'ai intubé, il respirait mal, il avait le poumon droit plein de vomi. J'ai préparé

7. Carl Gustav Jung, *L'âme et la vie*, Paris, Buchet/Chastel, 1963, p. 329-330.
8. Gatien Lapointe, *Le premier mot*, Montréal, Éditions du Jour, 1971, p. 101.

son transfert vers le Sud. Sa mère et son père étaient là, attentifs, présents, mais calmes, très calmes. La mère venait souvent parler à son petit qui ne répondait pas. Elle lui prenait la main. Un appareil envoyait de l'air dans les poumons de l'enfant. La mère avait chaud dans son *amauti*[9]. À un moment, elle est partie à la cafétéria avec son mari. Je les ai rejoints pour manger. Nous avons soupé ensemble. Ils étaient reconnaissants de mon travail, ces Inuits, sans soumission, dignes. Ce bébé dans le coma était leur septième enfant. Ils m'ont demandé s'il survivrait. J'ai dit oui. Il allait bientôt partir grâce à l'avion-ambulance. La mère souriait, le père était aimant. Il était si aimant à ce moment, attentif, si gentil. Il a dit merci. Lui et sa compagne, je les ai trouvés beaux. Cela m'a donné envie de continuer à travailler, encore un peu, malgré une autre médecin qui était venue m'aider à intuber l'enfant. Extrêmement nerveuse, elle avait pris tout le poids du monde sur ses épaules et rendu l'atmosphère de travail irrespirable. Dieu qu'il est difficile de soigner les mourants ! Dieu qu'un père et une mère peuvent contribuer à la tranquille beauté du monde ! Nous sommes partis en vitesse parce que l'avion-ambulance allait se poser sur la piste de l'aéroport. Le petit respirait à peine. J'envoyais manuellement de l'air dans ses poumons à l'aide d'un ballonnet de caoutchouc. Le camion-ambulance n'a pas démarré du premier coup ; la porte du garage refusait de s'ouvrir. Il n'y avait plus de courant dans le village. Panne généralisée. Le bébé s'est agité ; il cherchait à arracher le tube introduit dans sa trachée. Nous avons finalement pris place dans un autre camion, au froid, par – 30 °C. Le bébé a cessé de bouger quand je l'ai endormi plus profondément à l'aide d'un médicament approprié. Nous sommes allés lentement sur la route menant à l'aéroport, le bébé toujours vivant. Il faisait noir. L'avion-ambulance était là. Un médecin, à bord, a pris charge de l'enfant. Je lui ai raconté toute l'histoire.

---

9. Manteau inuit porté par les femmes.

Dehors, il neigeait et tempêtait. J'étais fatigué. Il me restait encore dix heures de garde à assumer.

Jusqu'à aujourd'hui, je me suis défilé devant la mort, par angoisse, je l'avoue, immense et terrible angoisse. Je n'ai pas vraiment peur d'une chute dans un ravin. Je n'ai pas peur du possible ravissement qui règne dans l'au-delà. J'ai peur de la disparition, de l'état fantomatique. La mort, je l'avais fait mienne quand j'ai traversé le continent en motoneige entre les baies d'Hudson et d'Ungava. C'est plutôt la condition affreuse du corps avili et de l'âme absente qui m'angoisse, plus que la mort elle-même. De fait, je n'ai jamais peur en forêt ou dans la toundra. J'aime ce que je suis quand je sais faire face à ma mort possible, par grand froid ou en haute montagne, tandis que, devant la maladie, la déchéance du corps, la souffrance des organes et des cellules, je m'écrase. Il y a là sujet à nausée.

J'aimais le difficile quand j'avais vingt ans. Je me suis donc lancé dans la vie en abordant l'impossible : être médecin tout en affrontant ce qui me donnait tant de frissons. Chaque jour, encore, je dois apprendre à apprivoiser la maladie. Il règne en moi une tristesse dont je ne peux me débarrasser devant la possible mort des êtres aimés. Ce n'est pas la mort qui m'angoisse, c'est le néant, le possible non-sens. Ce sont mes doutes, innombrables, qui me donnent de tels frissons devant la maladie incurable. Et ces yeux qui me demandent quelque chose. Docteur, docteur… Mais je n'y peux rien. Je suis un incapable. Il me reste l'humour, l'amour de l'humour et des blagues. Pour faire plus que rendre supportable l'insupportable. Pour rire en pensant à ma mère qui giguait avec ses pieds bourrés de cors, elle et sa manière de tout dire avec tendresse dans le silence, en ne demandant jamais à son fils d'être là ou de revenir lui rendre visite, en lui souhaitant toujours « bon voyage », en lui envoyant la main pendant qu'elle se tenait sur le pas de la porte, parce que l'amour ne demande rien, parce que l'amour pardonne, parce que l'amour est un corps en décomposition, parce que s'il fallait que je meure maintenant, je ne serais pas encore allé où je dois me rendre, parce que la mort arrive toujours trop tôt pour les uns, pour les autres et pour soi-même. Mais pour nous tous, malades en sursis, il faut bien qu'il y ait un sens à tout cela, car sinon… Le seul véritable honneur qui en vaille la peine, c'est de mourir en ayant laissé l'amour régner. Quand le mourant sait que l'amour qu'il a semé lui survivra, dans la tombe, dans l'au-delà ou dans la poussière, il peut être heureux, un peu.

Qui suis-je ? Un aventurier. Un explorateur. Un amoureux des arbres et des rivières, de la glace et de l'espace. J'aime d'abord les êtres de la nature. Les êtres humains, parfois, mes semblables, me découragent. Il y a quelques jours, un jeune homme a été amené à l'hôpital parce qu'il avait la tête défaite, les os du visage enfoncés, un œil arraché. Il était extrêmement agité. Il avait ingurgité plus que son lot de drogue. En plus, un hématome intracrânien était en train de le tuer. Un compagnon d'indignité lui avait asséné plusieurs coups d'haltères. Nous avons dû envoyer le patient d'urgence vers un chirurgien, au Sud. Les humains ont parfois tendance à vouloir se trucider les uns les autres. J'aime donc les épinettes qui se battent contre l'hiver ; elles ne se haïssent pas. Elles ne haïssent rien. Elles ont bien d'autres chats à fouetter. Les jeunes Inuits perdus qui inhalent de l'essence ou du propane ont l'âme brûlée. Tout cela à cause d'une longue chaîne de perversions haineuses. Mais tant d'Inuits sont si beaux, si dignes, si attachants, si forts, si merveilleusement sains.

Dans le Grand Nord, nous mangeons souvent de façon conviviale, nous avalons et goûtons avec sérénité les plus belles chairs qui nous sont offertes. Il arrive un moment où ce n'est plus de la nourriture que nous touchons, ce sont des êtres et des gens vrais qui aiment ce qu'ils sont et qui espèrent que leur pays de bonheur, ils ne se le feront pas trop piller, ou spolier, ou détruire par quelque force venue d'ailleurs. Ils ont peur, dans le fond de leur âme, les Inuits sensés, ils restent patients, ils pêchent ou ils chantent, ils regardent en pleurant doucement leurs plus faibles mourir pendus, et ils se disent qu'entre deux cultures, deux moments, deux civilisations, deux lieux de technicité mondialisante, deux visions du monde, ils doivent travailler aussi fort qu'il y a dix mille ans pour empêcher que leur univers soit annihilé par le courant négatif qui règne un peu partout, ce courant n'étant aucunement naturel, mais essentiellement humain. « Humain trop humain », dirait Friedrich Nietzsche.

Mais les festivités inuites demeurent merveilleuses à vivre. Un jour, les deux sexes de ce peuple se réuniront, et les femmes pourront jubiler avec leurs hommes, et vice-versa, les hommes sachant qu'il est possible de travailler avec leurs femmes. Ce jour viendra ; alors, les perdrix voleront bas, gracieuses, blanches et noires le long des glaciels de la banquise, sûres de leur avenir.

Une nuit, j'ai dû me rendre d'urgence dans un petit village isolé de la côte sud de la baie d'Hudson, en avion ; une patiente âgée se mourait, victime d'un pneumothorax sous tension au poumon gauche qui lui écrasait le cœur et l'autre poumon. Une fois revenu à l'hôpital de Puvirnituq, je lui ai inséré un gros tube de plastique dans la cage thoracique. Quand la patiente s'est mise à respirer un peu mieux, elle a apprécié son traitement. Elle m'a remercié, dans son langage, en cessant de haleter comme un petit chien. J'étais fatigué, mais content de moi.

Qui suis-je ? Un amoureux de la glace et de la pêche. Un jour de février, par – 35 °C, sur la glace de l'embouchure de la rivière Povungnituq, aux grands vents, par beau soleil — il faisait un soleil à couper le souffle —, nous étions cinq à creuser un trou de deux mètres dans le toit de la rivière, à coups de *tuuk*[10]. Cela nous a pris plus d'une heure. Ensuite,

10. Tranche d'acier munie d'un long manche pour faire des trous dans la glace.

grâce à trois lignes, nous avons capturé seize belles morues. Elles nous ont donné leur vie. Nous en avons fait des filets. En soirée, nous nous sommes délectés des meilleurs fish and chips de la planète. Il faisait plus que froid sur les glaces de bout du monde de notre Grand Nord. Le lendemain, nous avons exploré quelques-unes des îles par-delà l'embouchure de la rivière, en pleine baie d'Hudson, histoire de nous gaver de paysage. La splendeur existe, je le jure! Si nous étions tombés en panne, lors de cette virée, ce n'aurait pas été chaud. Mais il vaut plus que la peine de risquer de se geler les fesses et le cœur. Dans le froid de mars, nous étions cinq à nous aimer. J'aime la gent humaine quand je pêche et que rien n'est facile. Je hais tellement ne pas aimer. Cette fin de semaine de grands frissons m'a ramené à ma juste valeur de petiot frileux qui, sans les vêtements appropriés, pourrait crever en quelques minutes. Ah, la vraie vie, toujours à la limite du possible!

Un certain réel de même que l'habituel quotidien peuvent être de parfaits destructeurs de la communication d'âme à âme; l'amitié, la littérature, l'amour, les grandes passions, voilà des raisons de rester en contact les uns avec les autres. Et puis, il y a la pêche, cet état suprême de contact avec soi-même et les forces de l'Autre, ce frère, cette sœur, proche du nirvana, peut-être mieux que le nirvana lui-même, surtout quand le poisson mord et que le soleil se couche en nous saluant gaiement.

Je suis donc un amoureux de la nature. Je dis tout haut que les humains doivent en toute nécessité aimer leur nature et la Nature sinon, ce n'est qu'une question de temps et de haine: la planète humaine sera bientôt annihilée!

Sans la mort qui me flaire très souvent, qui serais-je? Je me considère comme un allumeur, un créateur de projets, un enivreur, un vivant, un survivant. Je suis parfois un dangereux qui, s'il ne possédait pas un sixième sens, aurait pu à plusieurs reprises s'envoyer dans l'abîme. Quand je pratique la médecine, particulièrement à l'hôpital, je touche au pire du monde. Mais aussi, je touche à l'essentiel. Et souvent, je suis heureux, bien que j'aie toujours les pieds au bord du gouffre. Je trouve alors des forces dont je ne me croyais pas détenteur ; j'essaie de ne pas piquer de colère violette. Certains patients vivent des indignités totales. Une nuit, une jeune fille de quatorze ans est venue à l'urgence parce qu'elle avait été violée par son père. Elle m'a confié que cet homme la violentait régulièrement. Elle avait voulu se tuer en avalant toutes les pilules qu'il y avait chez elle.

Voilà le monde dans lequel je suis tombé, comme un enfant perdu, dès les premiers jours de mon arrivée dans la réalité doctorale. Depuis, j'ai tenté de remonter du puits profond dans lequel j'avais sombré. Je me suis agrippé, j'ai refait mille petites chutes, mais sans jamais retomber aussi bas. Je me suis brisé les doigts et bien des os contre les parois de ce puits, mais maintenant, je vois la lumière, il y a du limon sur la margelle, j'aperçois une poulie soutenue par une poutre, il y a un seau et une petite corde qui pend, je vais tendre la main, bientôt, ce sera fini, ma remontée sera terminée. Je serai enfin au monde et je hurlerai de joie. Je dirai que le snobisme et le capitalisme bourgeois tous azimuts ne sont aucunement excusables, que cette planète souffre en partie à cause de l'égocentrisme des bien-nantis et qu'il faut réagir ou mourir. Je choisis la réaction et puis la mort, parce que la pourriture hystérique qui m'environne, dans cette zone de puissance consommatrice extrême où je patauge, ne peut que conduire à la haine des pauvres.

J'ai fait mes meilleurs coups de soignant quand je croyais ne pas soigner. Sans la littérature, je crois que je n'aurais pas été capable de vivre avec ce paradoxe dans la tête et dans le cœur. Mais ce paradoxe finira par avoir ma peau, ou il me rendra dingue. (Mais non, je ne mourrai pas dingue. Il me restera toujours la forêt, les froidures heureuses de la taïga et de la toundra. Il y aura toujours un petit banc de neige pour m'y enfoncer, comme dans un iglou, et aimer ce froid sympathique qui me rappelle qu'il faut nous réchauffer, toujours, coûte que coûte, en nous collant les uns sur les autres.)

Qui suis-je ? Un écrivain. Un enseignant. Pour moi, les deux vont de pair. Je suis un fou tranquille. Mais je cesse d'être tranquille quand on me met de façon trop aiguë la vie des autres entre les bras. En règle générale, j'aime aimer les humains, même si ces humains sont des milliards de fois plus difficiles à aimer que toutes les autres entités de la galaxie.

J'aime me retrouver dans des lieux où l'Esprit règne. J'ai la ferme conviction que certains endroits sont plus propices que d'autres à l'épanouissement de l'Esprit. J'aime les campus universitaires, l'atmosphère de nombreuses écoles où j'ai eu le privilège d'être invité comme conférencier. Souvent, j'ai senti le souffle qui animait ces endroits. J'aime la présence des étudiants, leur dynamisme, leur enthousiasme. Enseigner me met toujours en joie, bien que je sente encore cette nécessité de poursuivre mon exploration du monde, et du monde de la nordicité en particulier. L'écriture me permet probablement d'être un peu tout à la fois, soignant, enseignant, animateur, intellectuel, artiste, poète, aventurier, père, amant, amoureux, ami, anarchiste et fou. Lorsque j'écris, je place mes études dans un petit sac, et je les brasse. Pour créer, il me faut du silence, du silence et du temps, plus que pour toute autre activité. Il faut beaucoup de temps pour laisser s'exprimer la poésie.

J'écris pour dire que l'amour et l'harmonie valent mieux que le cynisme et le nihilisme. J'écris pour parler des caribous et de leur danse dans la toundra, pour dire que les Inuits ont tout un univers à livrer à l'Occident sudiste. J'écris pour exprimer mes états d'âme quand j'observe un vol d'outardes dans le ciel du Nord. J'écris sur l'art de se muer en petit gibier ou en bouleau nain. J'écris pour livrer au monde et à moi-même une portion moins inachevée de mon être, pour exprimer, oh, par petites touches parfois gauches, ce qui, autrement, ne pourrait jamais s'exprimer.

J'aime tout emmêler, littérature, philosophie, anthropologie, poésie, géographie, langues, médecine, musique, nordicité, physique quantique. J'aime. J'aime avoir ce sentiment que le contact poétique s'établit d'âme à âme entre deux humains, entre plusieurs humains, comme dans un texte. J'écris pour le dire. Il ne se passe pas un jour sans que la folie de l'écriture ne vienne alimenter mes élans, mes allées et venues dans ce monde, mes coups de cœur, ma façon de mener mon travail.

Littérature et médecine ne sont que des prétextes. Tout n'est peut-être que prétexte pour atteindre l'âme, la mienne comme celle des autres. Les mots comme les maux humains ne sont rien que des prétextes pour aimer mieux. Pourtant, lancés dans le monde n'importe comment, les mots peuvent empêcher d'aimer avec harmonie. Les mots ont aussi le pouvoir d'être de simples images vides.

> *Le langage qui peut donner forme à l'éthique de Socrate, aux paraboles du Christ, aux constructions magistrales de l'être chez Shakespeare ou Hölderlin, est capable, précisément en vertu de ses potentialités sans limites, d'organiser les camps de la mort et de faire la chronique des chambres de torture. La virtuosité langagière propre au charlatan, et qui était aussi celle de Hitler, est de l'anti-matière, elle donne forme à un anti-Logos, qui conceptualise, puis met à exécution, la déconstruction de l'humain*[11].

Mais foncer en littérature demeure pour moi une nécessité vitale, comme plonger dans *L'idiot* de Dostoïevski, par exemple, sans trop savoir quelle réelle valeur cette folle (et même maladive) entreprise qu'est la littérature peut avoir. Sans le Verbe, le Logos, sans les mots et la poésie révélée par ces mots, la vie pourrait n'être que vaine, cruelle et sans but. Mais quelle est cette force de foi et d'espérance qui pousse le poète en avant, malgré tout, envers et contre tous ? Est-ce la force de la musique du monde qui continue son éternel apaisement, qui chante, à partir de la plus extrême limite

11. George Steiner, *Réelles présences*, Paris, Gallimard, 1988, p. 83.

de l'Univers, tout en menant son chant jusque dans la plus petite âme, la plus volage et la plus follette ?

Faire la connaissance du prince Mychkine, dans *L'idiot*, permet de prendre conscience de ce qu'est la compassion. La lucidité est utile, voire nécessaire. Mais l'art de vivre demande-t-il une telle entreprise de lucidité qu'il faille associer la littérature aux activités quotidiennes en général, ou même à l'étude de la médecine, du génie mécanique ou de la philosophie ? Où se trouve la Qualité (dans le sens que l'entend Pirsig, dans son *Traité du zen et de l'entretien des motocyclettes*) quand on considère l'immense travail qu'il faut consentir pour parcourir certaines œuvres littéraires alors qu'il y a tout à faire dans tant de domaines, alors qu'une telle masse de connaissances doit maintenant être ingurgitée pour un tant soit peu comprendre le monde moderne ? Pourquoi la littérature, tant et tant de mots et de pages écrites ? Pour combattre. Quoi ? Peut-être la totale robotisation du monde et des esprits.

Il existe un amalgame à la fois étrange et terrifiant de bien et de mal chez tout humain, le plus grand bien des êtres se trouvant souvent associé à ce qui ressemble au plus grand mal. En cela, la complexité romanesque dans laquelle tout lecteur se trouve plongé ne peut être que bénéfique. On devient plus lucide quand on se rend compte que le meurtrier, le fou, le jaloux, l'hystérique sont des êtres complexes chez qui la capacité d'amour n'est jamais totalement effacée.

Je ne souhaite que continuer à croire en l'humanité. Mais parfois, j'ai très peur que rien n'ait de sens, que l'humain ne soit que le fruit d'un malheureux hasard qui survint un jour dans la galaxie. Une carrière n'est rien. Cent chefs-d'œuvre valent à peine le chant d'un bruant à gorge blanche, le soir, quand on campe près d'un lac du Nord.

Lorsque je marche dans la toundra ou que je descends une rivière en canot, la poésie vivante de la nature m'empêche de perdre foi en moi-même et en l'humanité. Alors, je sais que l'amour existe.

Les étudiants

L'âme choisit sa compagnie
Puis se calfeutre
Dans sa pluralité divine
Plus d'intrusion
Impassible, elle voit s'arrêter les carrosses
À son humble porte
Impassible, un Empereur fût-il à genoux
Sur son paillasson
Je sais qu'au sein d'un vaste peuple
Elle a choisi — un Être
Puis obturé son attention
Comme un caillou

EMILY DICKINSON, *poème 303*

J'aime les étudiants. Ils sont talentueux, intelligents, vifs, en santé, généreux, anxieux devant l'avenir, bien formés, penchés sur leur crayon, à l'écoute, fatigués, énervés, excités, en forme, en voie de se transformer en quelques-uns de leurs rêves.

Ils aiment, ils sont aimés, ils ont été aimés, ils pourront peut-être aimer demain, ils sont en danger, ils peuvent se laisser avaler par la société, ils sont à risque de se prendre pour d'autres, ils ont un peu d'argent, ils auront encore plus d'argent, ils voudront de l'argent, ils ont un petit pouvoir seulement sur leur destinée, ils auront bientôt du pouvoir sur les autres, ils ne sont pas malades, ils ont parfois été malades. Très souvent, ils ne savent pas ce que c'est que d'avoir mal, ils sont superbes, fiers, un peu raides sur leur chaise, ils aiment blaguer.

Les blagues ont le don de les dérider, ils ont déjà quelques rides, les cheveux des filles sont des voiles plus gracieux que les voiles des toiles du Titien, les garçons ont l'air d'Italiens victorieux, ils aiment lire, ils lisent, ils savent beaucoup de choses, ils apprennent des tas d'autres choses, mais la plupart ne savent pas qui ils sont. Ils ont cependant le devoir de savoir qui ils sont. S'ils ne l'apprennent pas, ils pourraient sombrer dans le malheur, et faire sombrer les leurs avec eux. Ils ne connaissent pas le vrai malheur encore. Ils se font dire qu'ils sont privilégiés. Mais qu'est-ce qu'un privilège ? Est-ce de ne pas être né dans un charnier organisé par Pol Pot au cœur du Cambodge des plus horribles histoires ? Ils pensent aux affamés, ils sont sveltes et élégants, ils pensent qu'à cinquante ans, on est fini. Ils pensent qu'ils vivront jusqu'en l'an 3000, ils n'ont pas raison, mais ils y croient, ils sont la rationalité la plus malléable qui soit, ils ont déjà des préjugés, mais ils sont comme des arbres verts, ils plient, ils rient en pliant, ils aiment la folie, ils apprécient le rire des échevelés, sauf qu'ils ont un peu peur de toute forme de laideur qui ne serait pas la leur, ils aiment se lancer des ballons bleus dans les cafétérias en attendant, ils attendent toujours le prochain cours, ils travaillent fort, ce sont de forts travailleurs, ils bûchent, mais pas beaucoup de bois, ils ont des mains propres, des ongles bien taillés, ils sentent bon, les filles sentent la merveille, ils portent des vêtements sympathiques, fripés ou gentils ou bon chic bon genre, je n'arrête pas de les dévisager, il existe dans leurs yeux une lumière qui vient du ciel et qui me dit, dans le fond, que le monde en vaut la peine. Voilà leur jeunesse, un peu la mienne aussi, celle qui fait qu'on passe pour un temps à côté de la mort. La mort en général. La mort d'un président qui veut lancer le monde dans une guerre totale. Il y a des fous qui ne méritent même pas une blague. Les étudiants le savent. Ils me disent de ne pas trop m'épivarder. Ils sont avec moi pour apprendre l'art de la médecine. La science médicale les envahit. C'est mon devoir de les persuader de la valeur de l'art. Nous ne sommes pas là pour combattre un quelconque général dans son labyrinthe. Les étudiants sont capables de me remettre à ma place. Concentrons-nous sur la musique du monde. La mort peut bien rôder. Elle n'entre pas dans notre classe, où ça sent l'amour et le renfermé.

L'école est importante, sinon primordiale, afin de hausser, autant que possible, le niveau de compréhension intellectuelle et affective des étudiants vis-à-vis de l'essentiel, l'essentiel relevant à la fois du poétique, du scientifique et du religieux. Mais il faut considérer que ce n'est toujours qu'une minorité qui parvient à suivre les voies précises, mais terribles et difficiles, de la totale et irrémédiable poésie. Ce qui est élitiste. Ce qui va à l'encontre d'une vision du monde qui se voudrait prolétaire et démocratique. Or, comme de bons Nord-Américains, nous croyons à l'anti-aristocratie. Il n'est pas surprenant que, pour les masses, ce soit Withney Houston ou Céline Dion qui atteignent les plus hauts sommets, bien plus que Keith Jarrett ou Woody Allen. Ces deux-là font partie d'une élite suspecte qui pourrait peut-être, selon certains, verser dans « l'inhumanité ». Depuis la seconde Grande Guerre, l'Amérique a peur de la réelle créativité artistique, avec tout ce qu'elle demande de plongée dans les ténèbres de l'âme humaine, de l'excellence à la Van Gogh ou à la Rilke, car cette excellence quasi surhumaine semble pouvoir conduire à une nouvelle barbarie pire que toutes les autres. Le problème est complexe. Le grand danger, avec des penseurs ou des artistes de tout premier ordre comme ont pu l'être Heidegger ou Thomas Mann, c'est leur possible retrait de la réalité concrète. Les hautes sphères de la nouvelle humanité proposée pourraient mener théoriquement à la réelle inhumanité. La médiocrité des banlieues nord-américaines avec ses autoroutes de ciment hideuses cicatrisant les dernières forêts et ses millions de robots écoutant la télé vingt-quatre heures sur vingt-quatre empêcherait donc, d'une certaine manière, une autre déflagration mondiale… Fascinant.

Il n'y a que l'amour qu'il faille donc vraiment enseigner.

À mes étudiants

À mes étudiants, je dirais de se méfier d'eux-mêmes et, par le fait de leurs études en médecine, parce qu'ils seront probablement médecins en Amérique du Nord, je leur dirais de tout faire pour ne pas sombrer dans le pire des matérialismes, dans l'économico-délirant, dans la consommation inconsciente, dans le trop facile de dépenser quand on a tant travaillé et qu'on le mérite bien! Je voudrais que toujours mes étudiants demeurent ces purs et ces beautés qu'ils sont maintenant.

Je leur dirais de se méfier de tout et de tous, mais d'être malgré tout extrêmement confiants, d'avoir d'abord confiance en eux-mêmes et en leurs patients, de rester vigilants, de toujours tout remettre en question, de ne surtout jamais se subordonner aux normes et aux dogmes, mais de vouloir tout révolutionner. Je voudrais que mes étudiants demeurent de bons étudiants tout en ne l'étant pas, qu'ils soient dociles tout en restant des chevaux indomptés. Les deux à la fois. Le plus difficile, bien que le plus nécessaire, demande qu'on jongle constamment avec les paradoxes.

Je dirais à mes étudiants de garder leur humour et leur sourire, parce que la souffrance du monde leur tombera bientôt sur les épaules comme une chape de plomb. Ils voudront fléchir les genoux pour la supporter. Mais le pire, c'est qu'ils ne s'en apercevront pas. Ils auront été comme tous les autres lancés dans le monde, et ce monde les clouera au tapis. Puis ils auront mal sans le savoir, ils perdront leur magnifique lucidité puérile, ils nageront dans des étangs d'inconscience, ils cesseront de pardonner. Seules la jeunesse, l'enfance et l'innocence ont accès à ce magnifique trésor qui s'appelle le pardon.

Je voudrais que mes étudiants apprennent à jongler avec les sciences en artistes. Je voudrais qu'ils comprennent l'éminent danger de tout savoir sur le seul mode rationnel, qui est si sécurisant, mais qui n'a qu'une valeur fort limitée quand il s'agit d'humains.

À mes étudiants, je dirais que la zone grise dans laquelle ils s'apprêtent à plonger pourrait les avaler tout ronds s'ils ne consentent pas à la prière, à la méditation, à la marche en solitaire, s'ils ne s'arrêtent pas à tout moment pour réfléchir, mais aussi pour ne plus penser, pour pardonner avec compassion, pour tout simplement respirer en contemplant le ciel qui est tout à la fois vide et plein. L'hystérie sociale contemporaine est une maladie mille fois pire que les pires cancers qui tueront leurs patients. La société qui les a bercés, et qui continue de le faire, est profondément malade, plus que d'autres sociétés qui ont existé par le passé, ici et ailleurs, mais ce n'est pas parce que la société est malade qu'il ne faut pas contribuer à la soigner, même si ces soins ne donnent que des résultats minimes, pareils à des grains de sable lancés à la mer par des enfants de vingt-cinq ou trente ans.

À mes étudiants, je dirais de vieillir tout en se refusant à vieillir, car quiconque prend de l'âge en oubliant le plaisir de hurler certains matins d'automne parce qu'il y a de la neige dehors, quiconque oublie cela est voué au malheur débile, à la sénilité profonde, à la morosité, à l'envie de ne plus vivre.

À mes étudiants, je voudrais dire que sans leur joie intime, chaque fois que je les regarde, je n'arriverais pas à garder pied dans ce monde qui peut être cinglé.

Primordiale relation maître-élève telle qu'elle est enseignée en philosophie orientale. Nous sommes toujours le maître de quelqu'un en même temps que l'élève de quelqu'un d'autre. Cette relation ne se termine jamais. La fin des études ne tarit pas ce qui a été amorcé. C'est comme si les humains n'avaient que trois tâches fondamentales sur cette terre : 1) se nourrir et se protéger, 2) se soigner, 3) s'éduquer les uns les autres. Le reste, finalement, importe bien peu, dans la mesure, évidemment, où les trois tâches sont accomplies dans l'affection et la tendresse (pour ne pas dire l'amour).

C'est en rencontrant les étudiants en médecine que je me suis rendu compte des extraordinaires similitudes pouvant exister entre l'enseignement de la médecine et celui de la littérature. Une chose me frappe : que ce soit en médecine ou en littérature, toujours, il y a nécessité de prendre contact avec l'Autre. De la même façon qu'un étudiant en médecine se doit d'apprendre à entrer en contact avec les maux d'un patient, ses souffrances et ses difficultés, grâce au langage de ce dernier, l'étudiant en littérature doit, lui aussi, apprendre à entrer en contact avec la poésie du monde, toujours grâce au langage.

Aux étudiants en médecine, je souhaite donc faire saisir à quel point le langage représente un atout dans toute relation avec l'Autre. L'« Autre », c'est celui qui demande conseil, qui cherche de l'aide, qui consulte, qui souffre, qui va guérir ou qui, parfois, va mourir.

L'« Autre », en médecine comme en littérature, c'est celui qui n'est toujours qu'un autre « Je ». La médecine moderne a fondé sa vision du monde sur la méthode scientifique. Depuis le siècle des Lumières, cette méthode a favorisé la plupart des avancées technologiques. Pourtant, la médecine ne peut se permettre d'être seulement une science. La médecine est tout autant un art qu'une science. *A fortiori*, on pourrait même affirmer que la médecine n'est ni une science ni un art, mais plutôt le résultat de la fusion des sciences et des arts. L'essence de la médecine touche à l'humanité, à l'être, à l'humain. C'est là son intérêt premier, sinon son seul intérêt vraiment noble. La médecine ne peut avoir d'autre but que de traiter l'humain, d'autre finalité que de contribuer à préserver la santé des êtres humains, corps, esprits et âmes confondus.

Il y a lieu de combattre l'idée que la médecine pourrait n'être qu'une science pure, simpliste objet de connaissance rationnelle soumis aux seules lois de la logique. Lorsque la physique quantique devient utile à la médecine moderne, elle ne peut que perdre son statut de « science pure ». C'est alors que l'univers poétique prend toute son importance. L'expérience poétique est tout aussi essentielle aux soins des malades que la vision scientifique.

À mes étudiants en médecine, je propose donc ceci :

1) Quand un homme, une femme, un enfant ou un grand vieillard se présente, il y a lieu de se demander : « Qui

est-il ? Qui est-elle ? Qui se trouve là ? » Quelle formidable situation, tout de même, si proche du « littéraire », que cette mise en contact avec quelqu'un d'autre, avec l'« Autre », celui qui se manifeste d'abord comme étranger, bien que, rapidement, il veuille se révéler. Souvent, le patient, en plus de se révéler, cherche aussi à se lier. Parfois, il ne le souhaite pas. Mais presque toujours, il cherche à dire. Et c'est alors que le soignant lui-même se révèle. « À qui ai-je donc affaire, aujourd'hui, en tant que soignant ? » La question est loin d'être banale. « Quel est cet individu, devant moi, tout à coup, pareil à un personnage de théâtre, pareil à ces êtres que mettent en scène Shakespeare ou Molière, personnages qui, tous, trouvent écho dans le monde, avec leurs qualités propres, leurs troubles, leurs manques, leurs besoins, leurs détresses, leurs forces et leurs joies ? Pour quelle raison quelqu'un s'est-il déplacé pour me voir ? Que cherche-t-il ? Que veut-il exprimer ? » On a beau se considérer comme soignant, comme thérapeute, pourquoi lui ou elle, ici et maintenant ? Quelles sont les attentes de ce malade ? La façon qu'il a de s'habiller, sa manière d'être, la façon avec laquelle il a saisi le dossier de la chaise pour s'asseoir, son regard, son attitude, sa respiration, la transpiration de sa peau, ses doigts qui griffent sans arrêt sa cuisse, la tache de sauce rouge sur sa chemise, ses cheveux ébouriffés, les grosses bottes de travail qu'il porte aux pieds, ou plutôt la cravate bleu poudre qu'il a choisie ce matin, tout parle, même avant que le patient ait commencé à utiliser un quelconque code verbal. Il est fort probable que ce patient emploiera sa langue maternelle pour parler, exprimant en mots, avec plus ou moins de clarté, ce qu'il a envie de dire ou ce qu'il doit dire à tout prix. En littérature, avant même de leur faire prononcer un seul mot, les auteurs décrivent souvent leurs personnages d'une façon ou d'une autre, fournissant au lecteur plusieurs indices sur ce qui les compose, sur ce qui les anime. Chaque signe, chaque geste fait peut devenir hautement significatif, révélateur de secrets plus ou moins bien gardés, par le personnage lui-même comme par ses proches, ses amours, ces *Autres* de sa vie.

2) La question: «Qui est là devant moi?» a le pouvoir de faire naître, parfois, chez le soignant, l'autre grande question: «Et moi, qui suis-je? Qui suis-je pour être ainsi appelé à recevoir quelqu'un? Suis-je vraiment en mesure de cerner ce personnage qui évolue sous mes yeux, qui va me préciser les raisons de sa visite, ses attentes, ses urgences? Qui suis-je? Suis-je le bon personnage? Est-ce que j'arrive au bon moment? Suis-je prêt à affronter l'Autre, à l'entendre, à l'écouter, à l'aimer?» Un lecteur-soignant qui ne saurait absolument rien de Rimbaud et de sa *Saison en enfer* aurait tout de même bien des raisons de se demander: «Qui suis-je, moi, en tant que lecteur, pour oser plonger avec ce malade-poète dans pareil gouffre, dans pareille misère? Quel est donc ce narrateur, cet "Autre" qui me parle? Qui suis-je? Est-ce que je possède suffisamment de compétences ou de forces pour affronter pareil coup de lecture? Il est vrai qu'on m'a fourni certaines clefs pour savoir apprécier, même si plusieurs subtilités me dépassent et continueront toujours de le faire. Moi, lecteur-soignant, puis-je croire que j'arriverai à comprendre ce personnage-narrateur, ce patient, que je déchiffrerai les signaux qu'il me transmet, les plus grossiers comme les plus subtils?»

3) Il est évident que tous les soignants ne se posent pas, à chaque rencontre et devant chaque patient, toutes ces questions pourtant si fondamentales: «Qui sommes-nous? Où allons-nous? À quoi servons-nous?» Mais il faut tout de même avouer qu'aucun apprentissage, aucune formation digne de ce nom ne peut longtemps passer à côté de ces interrogations. C'est par le langage articulé que tout narrateur-patient s'exprime, qu'il arrive

à révéler plus que ne le feraient ses seuls gestes ou ses différentes mimiques. Il incombe à tout lecteur-soignant la tâche de décoder les signes. C'est probablement pour son immense utilité que le langage s'est mis à exister chez les humains, à moins que, comme le proposent certains, la langue et les structures mentales conduisant au langage n'aient préexisté dans le cerveau des hominidés, à moins que l'humain n'ait trouvé utile de parler parce que, justement, il « pouvait » parler, parce qu'il en avait les moyens physiques et psychiques. Peut-être que l'humain n'est d'abord qu'un être de langage et que, sans langage, il ne serait pas, ou qu'il n'aurait tout simplement pas pu se démarquer des autres êtres ? Aurait-il alors été déplacé, refoulé, annihilé, anéanti ? Peut-être... C'est sans conteste grâce au langage que l'être humain se définit, qu'il a finalement pu s'identifier. Retirons le langage et sa poésie : tout un pan de l'univers humain, et peut-être l'univers humain tout entier, tombe en déconstruction. Au lieu de dire « hôpital » ou même « centre de santé » (ce qui constitue déjà un euphémisme), si on dit : 8C92K en ajoutant un clic sonore produit par la langue décollée soudain du palais pour nommer l'hôpital Saint-Sacrement, à Québec, on obtient ce qu'une certainc cngcancc comptable et bureaucratique poursuit avec acharnement depuis quelques années. Tous les jours, il faut se rendre compte des innombrables dangers qu'il y a d'amenuiser la langue. Et la meilleure façon de rétrécir les possibilités d'une langue, c'est de la vider progressivement de ses éléments poétiques.

4) « Quelle langue parle donc ce patient qui se présente à moi ? Parle-t-il une langue que je connais ? Ou n'est-ce pas plutôt une autre langue, du cri, de l'inuktitut ? » Lorsqu'un patient ne parle pas la même langue que son lecteur-soignant, l'intervention d'un interprète est souvent nécessaire. L'excellence de la traduction permet aux plus grandes finesses d'être captées par l'Autre. Une

traduction de *Hamlet* par le poète Yves Bonnefoy fait que bien des structures propres à l'anglais shakespearien parviennent à peu près intactes aux structures mentales francophones. Si, par ailleurs, le narrateur-patient s'exprime dans la même langue que le lecteur-soignant, il y a lieu de se demander quel est l'accent employé. Dans quelle région est né ce patient ? Quelles sont ses sources, ses racines ? Quelle est son origine ? Tenir compte des particularités de l'Autre a toujours son importance. Ainsi, par exemple, l'utilisation de l'expression « chère » ou la manière de rouler ses « r » impriment des marques dans toute conversation. C'est le ton qui donne le style, qui imprime la forme à ce qui est dit ou évoqué. Le ton et le style d'une conversation, d'un poème ou d'un roman définissent profondément ce qui est dit. Ton et style constituent l'âme d'un texte, de la même façon que la réflexion y tient le rôle du cœur. Ton et style expriment la musique de l'être. Si un patient peut crier : « Je vais me suicider », le ton de sa phrase, son style peuvent très bien signifier le contraire. Le soignant sait alors qu'il n'y a pas de risque réel de suicide. L'inverse est tout aussi vrai : « Docteur, vous savez bien que je ne pense pas au suicide... »

5) Au contact d'un narrateur-patient, tout lecteur-soignant peut se demander : « Comment est-ce que je me sens devant pareil étalage verbal et non verbal ? Qu'est-ce que cela me fait ? Serai-je capable d'une intervention adéquate auprès de ce malade ? Comme je n'ai pas dormi depuis vingt-quatre heures, peut-être ne suis-je pas dans le meilleur état pour pousser plus loin l'exploration de ce que cette personne cherche à me révéler ? Cette quinquagénaire qui s'est présentée à l'urgence parce qu'elle était extrêmement fatiguée... ai-je encore les moyens de m'apercevoir que sa vie ne tient qu'à un fil ? » En littérature, certains ouvrages tombent parfois des mains de leur lecteur. Le sens profond de certains livres échappe

tout simplement parce que le moment n'était pas le plus approprié à la lecture. Quand on a seize ans et que le monde semble ne pas vouloir tourner dans le sens qu'on souhaiterait, lire *Ainsi parlait Zarathoustra* peut avoir de graves conséquences. Je dis cela en pensant sincèrement que le *Zarathoustra* de Nietzsche constitue l'un des grands livres de la philosophie occidentale, un incontournable pour quiconque cherche à comprendre la fin de l'histoire des mille dernières années en Occident, mais un incontournable qui peut donner la nausée.

6) « Comment est-ce que je me sens, en tant que lecteur-soignant, ce matin, ce soir ou cette nuit ? Comment se porte mon âme ? Est-ce que je me connais suffisamment pour savoir que le sombre de l'univers exprimé dans plusieurs textes d'Anne Hébert, l'obscurité de l'âme humaine racontée dans *Kamouraska* ou dans *Les enfants du sabbat* pourraient me briser au lieu de m'éclairer ? Si je poursuivais ma lecture, pourrais-je à ce point être accablé ? » Ce n'est pas une raison pour nier la valeur des œuvres d'Anne Hébert. Côtoyer certaines œuvres oblige à juger parfois de l'impossibilité de vraiment bien les évaluer, parce que la vision du monde qui y est exprimée est trop éloignée de la nôtre ! On peut penser : « Ce que ce patient s'apprête à me dire, ce qu'il cherche à me révéler à propos de ses fantasmes pédophiles me causera peut-être un trouble intolérable. Il me faudra alors faire appel à quelqu'un d'autre, à un collègue, à un autre lecteur, à un soignant plus compatissant, mieux formé, mieux préparé que moi. Si, à tout moment, il m'est facile de remettre droit un bras cassé, il m'est impossible de tolérer qu'on me dise que cette photo qui a fait jouir représente la vulve fendue et arrachée d'une fillette de quatre ans… »

7) « Qu'attend donc de moi ce narrateur-patient ? Que me veut-il au juste ? A-t-il besoin d'un médicament ou, tout simplement, veut-il être rassuré ? Pourquoi ce patient

me demande-t-il: “Mon mal de gorge qui dure depuis deux jours, est-ce qu'il va se transformer en méningite?” Un patient nerveux m'aborde en disant: “Pourrai-je partir demain pour Acapulco même si j'ai cet affreux bouton qui me pousse sur le bout du nez, docteur?” Que veut-il me raconter, ce malade imaginaire? Que cherche-t-il à me dire? Que veut-il que je comprenne, cet autre patient, quand il m'explique de long en large que la brûlure à la miction qu'il ressent depuis plus d'un an n'est qu'une partie de son problème? Finalement, c'est de Viagra qu'il a besoin!»

8) Quelle est l'urgence de la situation? Faut-il immédiatement coucher ce patient sur une civière? Il est vrai que, lorsqu'on se tient la poitrine à deux mains et qu'une infirmière prend note du teint grisâtre, de la peur dans les yeux… Quand l'infarctus du myocarde est en train de broyer le patient… D'abord, il y a toujours lieu de calmer les esprits, de faire en sorte que la vie qui cherche à quitter un corps ne le fasse pas tout de suite. Il faut trouver le temps de procéder aux manœuvres essentielles. Certains narrateurs-patients savent exprimer les choses avec force, comme dans un cri. De la même façon, certains auteurs hurlent par instinct de survie, à cause de l'urgence de leur situation existentielle, à cause de leur détresse, par souffrance extrême. Nelly Arcan, l'auteure de *Putain*, fait hurler sa narratrice avec une rage rare. Cette écrivaine s'attendait-elle à une telle écoute, et de chaque côté de l'Atlantique? Son propos est hargneux, colérique, implacable, désespéré. Son texte représente le cri du désespoir anorexique qui repousse toute forme de sens. Et puis? Écrivaine, une jeune femme parvient à surmonter sa nausée existentielle. Autrement, peut-être, aurait-elle jamais pu se dénicher une place dans le monde? Autrement, peut-être, aurait-elle été seulement un cri, un hurlement sans un livre pour la soutenir? *Putain* demeure une lecture d'urgence dans la mesure

où certains patients anorexiques cognent à la porte des lecteurs-soignants.

9) « Que dois-je examiner ? Quelle partie du corps dois-je tâter ? Quelles zones de l'esprit dois-je écouter ou laisser parler ? Est-ce que je dois absolument faire subir un examen physique complet à ce patient ? » Un toucher rectal est-il nécessaire chez un malade qui se plaint d'un mal de gorge ? Une plongée dans les entrailles de la Terre, quand on lit un roman policier, est-elle si utile, voire nécessaire ? Une simple palpation de l'abdomen suffit-elle à dire que cet enfant de neuf ans souffre d'une appendicite aiguë en voie de se transformer en péritonite tueuse ? Doit-on demander des examens sanguins parce qu'on n'a pas le temps de laisser le malade retirer son pantalon ? Peut-on se contenter de la lecture d'une critique littéraire formulée dans une revue ou dans un journal au lieu de plonger dans le livre d'un auteur qui, jusque-là, nous était resté inconnu ? Comment savoir si la lecture d'*Errata*, de George Steiner, ne représentera pas l'un des plus grands éblouissements littéraires des cinq dernières années ? Ce sont souvent des considérations éthiques qui orientent le plus harmonieusement les gestes, qui commandent une action plutôt qu'une autre.

10) Comment examiner ? Sous quel angle ? Avec quels instruments ? Quelle attitude choisir pour que l'examen fournisse le plus de renseignements possible ? Les patients s'attendent toujours à certaines façons de faire. Ils souhaitent être abordés, touchés, examinés de façon délicate. S'ils toussent, ils s'attendent à ce qu'on soulève leur chandail, qu'on pose directement le stéthoscope sur la peau. Une radiographie remplace-t-elle jamais la main posée à plat dans le dos, alors qu'il est possible de percevoir le plus fin passage de l'air dans les bronches ? Il existe un talent de lecteur-soignant qui dépend beaucoup plus des capacités intuitives que de la connaissance rationnelle. En littérature, ce talent permet à tout

étudiant de saisir l'essentiel de la pensée de Saint-Denys Garneau dans *Regards et jeux dans l'espace*, de la capter dans son ensemble. L'art du professeur de poésie, c'est de faire prendre conscience que le poète exprime le début et la fin de sa propre vie, ses enthousiasmes et son désespoir. Un être sensible dit, tout en se révélant au monde, ce qu'il est, ce qu'il croit être, ce qu'il ressent face à lui-même. Dans *Regards et jeux dans l'espace*, Saint-Denys Garneau exprime, entre autres, son angoisse de la possible non-transcendance du monde. D'abord, cela se sent ; ensuite, cela s'analyse. Toute interprétation n'est peut-être nécessaire que pour que la perception intuitive se manifeste en mots, en idées, en concepts, en enseignements verbaux, pour que l'intelligence rationnelle finisse par comprendre ce qui, déjà, avait été compris, mais sur une base plus « irrationnelle ». Avec une lucidité émouvante, Saint-Denys Garneau écrit :

Je marche à côté d'une joie
D'une joie qui n'est pas à moi
D'une joie à moi que je ne puis pas prendre

Je marche à côté de moi en joie
J'entends mon pas en joie qui marche à côté de moi

11) L'examen de tout malade comporte des risques. Une patiente de vingt ans qui se présente seule au bureau de son médecin, qui s'imagine que son soignant est amoureux d'elle, qu'il lui fera l'amour et des enfants, cette patiente peut provoquer les plus terribles tempêtes si le soignant est trop naïf, prétentieux ou déviant. Il existe inévitablement des risques à toucher l'Autre, au sens propre comme au sens figuré. Toute forme de contact avec l'Autre suppose qu'il y aura réaction, petite ou grande. La lucidité n'élimine pas tous les risques. Les humains ne tolèrent-ils pas une foule de relations superficielles, toujours, par peur de toucher aux cordes les plus sensibles ? Une résonance magnétique du cerveau

permet-elle de plonger dans les plaies les plus profondes, les plaies de l'âme, dans ces blessures qui demeurent les plus fondamentales, mais les plus difficiles à panser ?

12) La prétention médicale de tout trouver, de tout prouver, de tout soigner et de tout guérir peut devenir, à chaque instant, pour les individus comme pour les sociétés, source de maux. Parfois, il est impossible d'arriver à bien lire, ou à lire correctement, parce que le narrateur n'a pas voulu tout dévoiler. Certaines souffrances comme certains maux, des plaies même ouvertes restent indéchiffrables, impossibles à panser. Aucune suture ne peut tarir une source de pus, bien au contraire. Les abcès du corps, comme les abcès de l'âme, demandent à être ouverts afin que toute la sanie puisse s'écouler à l'air libre. Certains patients ne peuvent jamais être vraiment soignés parce qu'ils n'arrivent jamais à laisser s'exprimer ce qui cherche à l'être. En littérature, parfois, l'auteur d'un texte ne sait même pas que de tels abîmes de l'âme existaient, qu'ils étaient bien là, en lui, extrêmement vivants, tout au fond de son histoire. Un lecteur peut rester longtemps dans la pénombre à cause de toute l'Ombre projetée par le narrateur, à moins que ses sens, parfois, soient avivés par un événement, un détail, une révélation. Alors, le lecteur pressent la vérité, ou une certaine vérité, sous les mots, avec les mots et grâce aux mots. Ce même lecteur-soignant voit, tout à coup et avec clarté, ce qui formait, d'emblée, l'âme du texte. Il arrive parfois qu'un lecteur aille plus loin que l'auteur-narrateur lui-même. Plusieurs soignants habiles et expérimentés savent ce que les malades eux-mêmes n'arrivent que très difficilement à formuler. En cela, ils sont aidés par les rythmes, par la musique de la vie. La musique révèle toujours plus que ce que l'intelligence logique voulait dire. Mais, au bout du compte, le lecteur-soignant ne peut rien pour le narrateur-patient qui continue à nier l'existence de son Ombre. L'entreprise de réinvention du monde ne peut être maintenue par la

seule intelligence d'un lecteur. Tout soignant sensible sait bien que le mal véritable qui habite certains patients souffrant d'angor pectoris est un mal d'être, un état suicidaire larvé qui a pris vingt ou trente ans à se concrétiser, un mal profond de l'âme. Un lecteur-soignant ne peut rien si le narrateur-patient n'accepte pas sa détresse, ce qui l'a rendu malade. Déjà, il y a longtemps, le mal faisait son chemin, bien avant que ses artères coronaires s'obstruent, bien avant que la cicatrice rende le cœur insuffisant.
Une médecine appliquée sans âme a toujours le pouvoir de devenir envahissante, voire même méprisante envers les malades. C'est lorsque la science accepte la présence du chaos, de l'« incontrôlé » et de l'irrationalité positive qu'elle évolue de la façon la plus « quantique », faisant parfois des bonds extraordinaires en direction de plus de vérité.

13) Le rôle social, la *persona* des soignants aura toujours de l'importance. Le soignant joue-t-il ou non son rôle? C'est la société, le plus souvent à son corps défendant, qui crée les rôles. Tout malade s'attend à être considéré avec compétence. Cela est inscrit dans les rôles sociaux des soignants, des thérapeutes, d'agir avec compétence. L'organisation médicale y contribue. Cependant, tout peut dériver, ne plus être que « paraître », organisation et bureaucratisation. Tout système, toute structure a le pouvoir d'avaler ses acteurs, même les plus volontaires, même les plus forcenés. Toute représentation a le pouvoir d'annihiler ses interprètes. Un soignant peut ainsi cesser à tout moment d'être sensible, compatissant et efficace si le système qui devait théoriquement le supporter a basculé dans la monstruosité fonctionnaire kafkaïenne, si ce même système a perdu les pédales et ne cesse d'invoquer le manque de ressources matérielles pour camoufler sa propre ineptie bureaucratique, sa propre débauche organisationnelle, sa totale dépendance face aux vendeurs et autres commerçants. Souffrants et

soignants, narrateurs et lecteurs peuvent se voir déportés à mille milles des lieux de qualité parce qu'un univers de consommation-pollution a pris le pas sur celui de la création originale. La qualité du contact avec les malades, comme la qualité des soins du corps et de l'âme, se perd à chaque instant dans le commercialisable-jetable, au sein d'une mondialisation uniformisante dévastatrice, là où la différence et l'originalité n'ont plus leur place, là où tout est avalé, digéré et expulsé à la vitesse de la lumière. Une relation patient-soignant de qualité prend des années à se créer. En littérature, les lectures les plus déterminantes sont toujours les plus exigeantes.

14) Le rapport entre un malade et son soignant n'est jamais égalitaire. Le malade qui demande de l'aide, qui souhaite qu'on l'épaule dans son mal, ne peut se considérer comme l'égal du soignant. L'état de maladie implique une différence, une espèce d'asservissement en quelque sorte, heureusement temporaire la plupart du temps. Pendant certaines périodes parfois longues, un malade reste un malade parce qu'il est faible, parce qu'il s'est découvert en état de faiblesse, plus fragile tout à coup, si fragile qu'il ne peut se relever seul. Un malade redevient souvent un enfant. Tous les malades doivent être consolés. Les malades demandent qu'on les soulage, qu'on les guérisse peut-être. Ils implorent. La responsabilité des soignants envers les malades ressemble fort à celle des parents face aux enfants. Il n'existe pas d'horizontalité dans le fait de dispenser des soins. Les enfants ne doivent rien à leurs parents, sauf le respect. Tous les devoirs, à peu de choses près, reposent entre les mains des parents. Une fois qu'un livre a été adopté par un lecteur, celui-ci en porte la responsabilité. L'auteur crée un narrateur, des personnages, une histoire, une situation, une fiction. Le réel ne revit que lorsque le lecteur l'imagine à sa façon et tout à fait nouvellement. Un auteur lance un livre dans le monde. Une fois abandonné par son créateur, un livre

vit tout seul, ou est oublié, ou il meurt. Mais il n'y a rien comme une bonne mort, parfois, en toute dignité, pour régler le sort d'une histoire. Une grande majorité des œuvres d'art ne vivent probablement pas longtemps parce qu'elles ne le méritent pas. Toute la responsabilité de la vie, de la survie ou de la mort d'un texte se trouve dans les yeux et dans la tête des lecteurs-soignants, premiers et derniers juges.

15) Dans sa relation avec les autres soignants, un thérapeute peut, à tout moment, se voir dépossédé de ses qualités. Savoir rester humble mais fort, savoir rester à l'écoute tout en gardant le cap, voilà qui exige une certaine marginalité. Le meilleur livre est souvent celui qui a été victime du plus grand nombre de critiques. Le livre nécessaire ne peut être qu'« irréligieusement religieux ». Les plus agnostiques des livres, mais les plus essentiels à la foi, ne posent que trois questions : « D'où venons-nous ? Qui sommes-nous ? Où allons-nous ? » Les pièges dans lesquels tout lecteur peut tomber restent innombrables. La fatigue de vivre, l'attrait de l'argent ont le pouvoir de tout corrompre. Il n'existe qu'une vérité ultime entre un livre et son lecteur, c'est celle qui dépasse les mesquineries, les petitesses et les insignifiances du quotidien. Parfois, l'espace d'une seconde, un lecteur a l'impression que la Vérité et la Beauté ne sont pas que des concepts ou des idées. Pourtant, les preuves formelles de la Vérité ou de la Beauté seront toujours immanquablement introuvables. Quoi qu'on en pense, Dieu ou la Vérité ne peuvent que s'éprouver. Jamais on ne prouvera l'existence de Dieu.

16) Devant l'essentiel, devant la vérité ou la beauté du monde, tout est question de temps. Si la perte de temps n'est plus permise entre un patient et son soignant, si la vie ne devient plus qu'une sorte de piste d'accélération pour bolides voués à la démolition, une fois qu'on les a expurgés de leurs gaz, la poésie peut facilement être oblitérée, refoulée, rejetée. Ce n'est qu'en relisant cent

fois *Lettres à un jeune poète* de Rainer Maria Rilke qu'on comprend que les textes les plus impossibles, mais les plus importants, ont tous trait à l'amour. Aimer constitue la difficulté suprême, la mission de l'être sur Terre, la grande utopie. Aimer constitue la seule raison que possèdent les humains de ne pas saccager leur planète et eux-mêmes. C'est finalement par amour déraisonnable et puissamment irrationnel qu'on ne se suicide pas.

17) La première comme la dernière question de tout soignant face à un malade reste donc celle-ci : « Qui suis-je ? » Le gnôthi seauton socratique conserve plus que jamais sa pertinence. « Si, un tant soit peu, je ne sais pas qui je suis, si, par hasard, je l'ai su mais que je l'ai oublié en cours de route (ce qui n'est pas si rare qu'on pourrait le croire), il y a fort à parier que je n'arriverai jamais à savoir ce que ce narrateur-patient cherche à me dire. Quel est le sens de ce poème qui vient s'écrouler à mes pieds ? Pourquoi ce personnage de roman se trouve-t-il sur ma table, en train de se dandiner, ce matin ? Que me veulent ces mots qui giguent ? Qu'attendent-elles de moi, ces impressions, ces façons de s'exprimer et d'être ? »

L'art de la rencontre avec l'Autre ne se résumerait-il pas à l'art de la poésie, poésie de l'âme des choses et des êtres, au cœur de l'Âme du monde ?

Dieu, foi et poésie

> C'est le cœur qui sent Dieu, et non la raison. Voilà ce que c'est que la foi, Dieu sensible au cœur, non à la raison.
>
> PASCAL, *pensée 278*

L'acte poétique tout comme l'acte religieux participent à l'irrationnel du monde. Aucune force intelligente ne peut jamais, mais jamais imposer un ordre parfait dans ce chaos premier et vital qu'est le poème. Il n'y a qu'une prière pour répondre et « expliquer » une prière, comme il n'y a qu'un poème pour rendre intelligible un autre poème. D'où l'extraordinaire difficulté du non-poète d'enseigner la poésie. La poésie ne s'enseigne que d'une seule manière, c'est-à-dire sur un mode poétique. On peut arriver à faire comprendre un poème par les voies rationnelles ; mais le « ressenti » demeure d'obédience irrationnelle.

Tout poème est prière. La prière, quant à elle, peut être poème. Prière et poème rendent l'être unique. Un. Uni à l'*unus mundus*. Que la prière et le texte poétique rassemblent l'être tout en le condensant au sein de la structure, de l'entité, du mystère, de la non-matière qu'est l'âme, cela me paraît indubitable. Quand j'affirme cela, il est évident que je fais intervenir ma foi, car sans la foi en la force du poème capable de donner une identité à l'être et à l'âme, comment serait-il possible de s'adonner à pareil irrationalisme ?

La prière est d'abord un appel au Dieu fait en soi, au Dieu en soi qui enveloppe tout. La prière est destinée au centre de soi. Aucune prière n'atteint son but si le premier et seul lieu visé n'est pas celui de l'âme.

Si je demande à quelque divinité d'intervenir dans le cours d'un blizzard, je ne prie pas, je quémande, je démontre ma faiblesse d'humain nerveux. Si je prie en remerciant le ciel et les enfers de m'avoir donné la vie et la conscience de cette vie, et que j'accepte le blizzard, je me découvre en prière. Cela est facile à dire, pourtant quasi impossible à réaliser dans la rude et quotidienne réalité. D'où l'extraordinaire difficulté de sortir du magma de la vie une prière de qualité, tout comme toute forme de poème de qualité.

Que quelqu'un se trouve en prière et en poésie, et son âme sera dans un état de captation intime des autres âmes comme de l'Âme du monde.

Pour moi, la poésie fait accéder à un lieu de mystère qui me semble, et je dis bien « me semble », étrangement proche de ce que je nomme l'au-delà. Car j'ai l'intuition d'une plus-que-vie, sans rien pouvoir prouver du tout, elle est là, c'est en moi, et je souffre intensément chaque fois que cette intuition est battue en brèche par des propos, des textes, des avis, des écrits. C'est ma foi qui se met à douter ; mais que vaudrait une foi qui ne doute pas ?

Il me semble toucher ainsi au mystère de ma vie, et peut-être de la vie en général. Je ne suis qu'un excité qui hurle sa joie, et qui, tout seul, se morfond ensuite dans sa peine d'être qui s'ennuie de ceux et de celles qu'il aime. Pourtant, la solitude est absolument nécessaire à la vraie prière comme à la vraie poésie.

Je pense aux lettres de Vincent Van Gogh à son frère Théo et cela me console ; quelle magnifique entreprise que celle d'un peintre qui cherchait à révéler une partie du mystère de la vie grâce aux couleurs ! Comme le fut l'entreprise de cogitation toute poétique de Nietzsche. Mais ces deux créateurs vieillirent et moururent bien seuls. Qui aurait pu supporter leur quête ? L'amour humain peut-il tolérer pareil questionnement ? Je n'oserais jamais me comparer à Van Gogh ou à un philosophe de la trempe de Nietzsche ; mais ils ont parfois été mes seuls réconforts, les seuls qui me semblaient comprendre, du fond de leur silence.

> *Petit croquis d'une toile de 30 centimètres carrés, enfin le ciel étoilé peint la nuit même sous le bec de gaz. Le ciel est bleu vert, l'eau est bleu de roi, les terrains sont mauves. La ville est bleue et violette, le gaz est jaune et des reflets sont or roux et descendent jusqu'au bronze vert. Sur le champ bleu vert du ciel, la Grande Ourse a un scintillement vert et rose, dont la pâleur discrète contraste avec l'or brutal du gaz*[1].

Le doux jaune du soleil entre les feuilles des arbres me rend parfois extrêmement heureux. Entre deux têtes de bouleau blanc, un éclat majeur, quelquefois, m'aveugle. Lumière forte dans ma tête, citronnée, au moment de la brusque fermeture des paupières. Tout soleil à son couchant devient plus aimable, plus tendre avec ses tons orangés, mauves peut-être. Je dis « mauves » pour la beauté du mot, comme il est beau de lire que l'eau peut être « bleu de roi ». Qu'est-ce que le mauve pour les mauvais yeux d'un daltonien qui, pourtant, reste sensible à la vision du monde d'un coloriste comme Vincent Van Gogh ? Avant de lire ses lettres, je m'étais souvent demandé si cet homme n'était pas daltonien lui aussi, tant ses tableaux m'émeuvent avec le violet de leurs iris, avec le jaune strident de leurs tournesols. Je me disais que ces couleurs-là devaient être plus vraies que l'apparente vérité que nous percevons tous les jours, révélatrices d'une portion de la qualité du monde qui nous donne le courage de peindre ou d'écrire. Si souvent, nous sentons que nous touchons, du bout du doigt, du bout de l'œil ou du bout de l'oreille, à l'invraisemblable vérité qui sous-tend et dépasse toute vie terrestre.

Il existe quelque chose d'exceptionnel dans le rapport existant entre les couleurs primaires qui fait qu'un tournesol, simple fleur mourante si elle ne se trouve pas magnifiée par le peintre, possède, dans ses parties les plus infimes, l'essence de l'univers tournoyant. Or, toute quête picturale ou poétique

---

1. Vincent Van Gogh, *Lettres à son frère Théo*, Paris, Grasset, 1997, p. 227.

demeure exigeante, épouvantablement exigeante. Quand un ami m'écrit : « L'au-delà ne se recueille pas, n'existe pas. Il y a l'ici. C'est déjà assez, c'est déjà immense, c'est déjà tout », la gorge me serre, car ici, sans l'au-delà, n'est rien pour moi. Si l'au-delà n'est pas, je ne suis pas grand-chose, je ne suis rien, en fait, je ne vaux rien et je perds tous mes moyens. Mais l'au-delà n'est pas l'ici, et je le dis d'autant plus fort que cela me donne la frousse. Il me semble ces temps-ci que le monde est devenu ce qu'il se préparait à être depuis des centaines d'années, ce qu'avait entrevu Nietzsche dans sa folle sagesse. Ce monde actuel pourrait bien tenter de se suicider à force de ne croire en rien, victime du côté le plus sombre du nihilisme. L'art met un baume sur la souffrance existentielle collective. Mais l'art ne remplacera jamais la jambe arrachée par un obus ou par une mine antipersonnel. L'art pourrait n'être qu'un merveilleux succédané, à moins que l'art devienne ce que je souhaite, c'est-à-dire porte d'entrée pour une « plus-que-vie », celle que je pressens sans jamais la palper ou la prouver, celle que je ne fais que pressentir.

Agnosticisme

Dans son livre *Errata*, George Steiner affirme sans contredit son agnosticisme, faisant la différence entre agnosticisme et athéisme, le monde contemporain étant pour lui un monde profondément agnostique, donc qui ne croit en rien. Car l'athée croit au néant. Tout athée possède une certaine foi. Dans *L'être et le néant*, Jean-Paul Sartre fait une admirable et courageuse profession de foi : l'être naît du néant avant d'y retourner. Steiner, plus irrationnel peut-être, ne croit pas, tout court. Il est agnostique. Il ne manifeste aucune foi. De fait, il me semble que la parole de Steiner, au fond, se rapproche de celle de Cioran, bien que beaucoup moins acide. Comme plusieurs Juifs intellectuels, Steiner ne croit pas, tout simplement ; s'il a déjà cru, il ne croit plus, et cette absence de foi touche tous les sujets. Il faut y prendre garde ; dans les moments difficiles, il y a danger de se suicider devant une telle absence de foi, devant une aussi puissante profession de non-foi. Hubert Reeves admet, dans *Compagnons de voyage*, qu'il passa par un état d'agnosticisme semblable, il y a quelques années, avec une forte envie de se suicider puisque, alors, il ne croyait plus en rien. Mais l'accès à la poésie du monde le sauva, et continue de le faire. Reeves travaille d'arrache-pied parce qu'il demeure profondément troublé par le possible néant infini toujours si effrayant qu'on peut ressentir en observant les étoiles.

La foi est comme l'amour ; elle ne s'impose pas, sinon elle devient tout son contraire. Pourquoi faire tendre sa vie vers l'au-delà quand on a le devoir de vivre ici et maintenant, sans autre concession que la vie elle-même ? Je ne peux toutefois concevoir d'habiter l'ici et maintenant si cet ici n'est pas le tremplin, comme pour la poésie, d'un au-delà englobant l'ici, fait de l'ici mais qui est plus. Un peu comme j'ai le sentiment profond que mon corps n'est que la manifestation de mon âme. La jouissance de mon corps comme les soins que je lui dois n'ont d'intérêt que dans la mesure où mon âme a tout l'espace nécessaire pour bien respirer. Dans la toundra ou en forêt, quand je dis que ce n'est pas mon corps ni mes poumons qui respirent, mais bien mon âme, c'est que j'y crois, et ce n'est pas une figure de style.

La foi donne de l'existence à ce qui autrement pourrait ne pas exister. L'au-delà n'a pourtant pas d'existence propre ; il n'est « réel » que pour les croyants. Je me demande même s'il n'en va pas ainsi pour la poésie, qui n'a pas d'existence ou de réalité propre, comme la réalité offerte par toute forme de littérature. Ce n'est pas vrai que tout est poétique. Tout a le pouvoir d'être poétique dans la mesure où l'on a foi en la poésie du monde. Notre esprit et notre cœur inventent et créent de toutes pièces le poétique du lieu comme du moment, de l'espace, des êtres comme du temps. Voilà pourquoi le fait d'essayer de prouver la poésie d'une œuvre représente la plus vaine des activités ; il n'y a que la foi en la poésie du monde qui permette de placer le cœur et l'intelligence en rapport avec sa propre poésie intérieure. La transmission se fait donc de foi en foi, et non de connaissance en connaissance.

Carl Gustav Jung enseignait qu'il y a *grosso modo* deux types d'humains : les matérialistes et les spiritualistes. Les deux ressentent un impérieux besoin de poésie ; mais chez les gens du premier groupe, il n'y a pas une foi naturelle qui tende vers le spirituel. Moi, par mon côté instinctivement spiritualiste, j'aurais envie de prétendre que la poésie véritable est prière et conduit à la spiritualité, mais les esprits matérialistes ne conçoivent pas les choses de la même manière. Je dois donc en conclure que ce rapport à la poésie, à ma poésie qui cherche à dévoiler des bribes de l'au-delà que je pressens (et plus particulièrement quand je suis dans le Nord ou en forêt), n'est que le mien et rien d'autre, et que je n'y peux rien, c'est ainsi.

Art sans Dieu

Dans *Passions impunies*, George Steiner propose l'idée que l'art, au XXe siècle, aurait été captif d'un « esprit du temps » qui ne croit plus en la lumière, en la lumière des Lumières, en la lumière de la Vérité, ou d'une Vérité qui existerait par-delà les êtres et les choses, par-delà le temps et l'espace. Cette Lumière, cette Vérité, il me semble que les poètes la cherchent, tentant sans cesse de la nommer. Ils la pressentent. Moi, j'aurais tendance à l'appeler Dieu, ou Transcendance, ou Résurrection. Eux, les poètes, la nomment Poésie, et Harmonie des êtres, entre les êtres et entre les choses. Cela se ressemble beaucoup, même énormément. Je sens la transcendance dans cette façon qu'ont les poètes de s'exprimer, eux qui rappellent constamment la beauté du monde, bien que, plus rarement, ils prononcent le nom de Dieu, alors que moi, je dis Dieu à tout bout de champ. Y aurait-il simplement problème de sémantique entre eux et moi, sachant qu'une réelle affection nous réunit autour du Verbe, Logos impitoyable bien qu'absolument nécessaire ? Nous croyons en la lumière (divine je dirais, poétique diraient-ils) qui éclaire certaines œuvres, allant même jusqu'à dire que cette lumière est transcendante.

La transcendance, chez les scolastiques, désignait ce qui « transcende » les catégories d'Aristote, catégories établies afin de décrire la nature des choses : substance, quantité, qualité, relation, action, passion, situation dans l'espace et dans le temps, possession. Quatre autres catégories, transcendantes celles-là, chapeautent les premières : la bonté, l'unité, la vérité, l'être. « Autrement dit, il existe, en dehors du domaine limité de l'entendement (du calculable), "une contrée énorme où tout se tait", un paysage *transcendantal* de l'esprit[2] », écrit Kenneth White.

En Dieu, je crois, moi non plus

Ma foi en Dieu, ma foi en quelque chose de plus grand que moi, de plus grand mais en même temps de plus infime, quelque chose qui est inscrit en moi, me fait comme je la fais. Irrationnelle foi, pulsionnelle foi, inscrite en moi depuis que j'ai commencé à penser, depuis que s'est manifestée en moi la croyance en un Être suprême qui combat le néant et lui donne son sens. Je ne peux éliminer de moi ce sentiment. Ma raison est incapable de m'enlever ma foi. Je suis comme ça. Comme dirait Jung, je suis un « spiritualiste » extraverti de type « intuitif » qui ne possède pas plus de qualités que tout « matérialiste ». Je suis extraverti comme d'autres sont introvertis et de type « pensée ». Ma spiritualité, donc cet accès à l'au-delà, mais au sein de la matérialité du monde, est inscrite en moi par définition, dans ma personnalité. J'ai toujours pressenti que cette vérité, qui est mienne, n'était cependant pas la seule vérité. Je sais que je ne dois pas infliger à qui que ce soit ma foi, d'autant plus que certains de mes plus grands amis ont été des agnostiques, des gens qui, de bien des façons, fuyaient la spiritualité trop évidente, qui avaient en horreur toute forme de religion ou de dogme, car il faut le

2. Kenneth White, *Le plateau de l'albatros*, Paris, Grasset, 1994, p. 188.

dire : cette prescience de Dieu, cette certitude de Dieu dans le cœur, oblige souvent à s'inscrire à quelque religion.

Les religions comme le christianisme, l'islam ou la religion juive sont nées de cette prescience. Mais comment une religion comme le bouddhisme peut-elle alimenter la spiritualité de millions d'individus quand elle ne propose aucune vision d'un Dieu suprême et aux pouvoirs absolus ? Cette interrogation reste troublante pour le chrétien que j'ai été par éducation, mais moins que le doute avivé par l'annonce de la mort de Dieu inscrite dans *Ainsi parlait Zarathoustra* de Nietzsche. Mais ce coup de poing ne fut rien à comparer avec la claque magistrale que je reçus en lisant le texte le plus obscur, mais aussi le plus incisif, révélateur de la pensée profonde de C. G. Jung : *Les Sept Sermons aux morts.*

Jung a été influencé par les gnostiques, mais aussi par Nietzsche, pour écrire ce texte provocateur et, pourtant, d'une suprême intelligence. Jung fut particulièrement troublé par le Dieu de terreur qui sembla donner sa bénédiction aux pires barbaries du XXe siècle. Le nazisme était porté par la foi en un Dieu vengeur, absolu, qui rapidement devint son opposé. Entre Dieu et Diable, il n'y a qu'un tain de miroir. Jung, fort des enseignements des religions orientales (de l'hindouisme, en particulier), pressentait qu'une autre entité que le Dieu habituel des religions monothéistes, nommée Abraxas, pouvait représenter l'inconscient universel. D'où la notion de Plérôme, pont entre les spiritualités d'Orient et d'Occident, matrice fondamentale tendue en conjonction avec le monde, contenant le monde tout en y étant contenue. Pour Jung, la *conjunctio* de l'Esprit règne en tout lieu. Mais est-il bouddhiste ou chrétien, cet Esprit ? Nulle importance ! L'Esprit est issu des sources de l'Être comme de tout être vivant, et cet Esprit dépasse nos demeures.

Physique et psychologie ont toujours été proches, malgré les apparences. Il ne faut pas oublier que les découvertes des lois de la nature sont essentiellement issues de la psyché, et celle-ci, ancrée dans le monde, crée les lois tout autant qu'elle les découvre. Tout psychisme agissant dérange la matière, quelque matière que ce soit.

C'est dans la recherche d'un point de jonction avec le Soi (concept du Tout, du Tao, de Dieu) que l'espace de l'*unus mundus* prend corps. Les alchimistes, sans conteste, avaient trouvé plusieurs voies conduisant à l'*unus mundus.* Les quatre éléments dont a traité Gaston Bachelard dans son œuvre deviennent Un lorsqu'on se trouve dans le désert de la toundra, Un lorsqu'on parvient au sommet d'une haute montagne comme lorsqu'on nage dans l'océan, Un lorsqu'on marche sur le bord d'un cratère de volcan. Le feu, l'eau, la terre et l'air forment un seul et même substrat pour l'Esprit qui, tout à coup, peut voler tout son soûl. L'Esprit unifie le monde, maître de champs cosmiques autant que microscopiques dont nous soupçonnons à peine toutes les possibilités. Quand un poète dit que l'émotion amoureuse sur Terre a des implications dans les étoiles, c'est son inconscient qui s'exprime, sa parole dévoilant certains des archétypes les plus fondamentaux. L'essentiel, alors, se manifeste.

C. G. Jung, psychologue, et Wolfgang Pauli, physicien, élaborèrent ensemble et pendant plusieurs années, par des rencontres mais aussi grâce à une correspondance fascinante, la notion de synchronicité, donnant du poids et de la signifiance aux simultanéités événementielles. Je retiens de l'échange Jung-Pauli cette figure quaternaire, la causalité se situant à gauche, la synchronicité à droite, l'univers physique classique (en haut) s'opposant (ou étant complémentaire) à un univers quantique (en bas) où le temps et l'espace ne font qu'un, où le temps futur se fond dans le temps passé, où le continuum espace-temps fait face à un monde d'éternité où les énergies sont à la fois indestructibles et inamovibles.

Pauli et Jung ne cessèrent de compléter chacun leur point de vue par des échanges soutenus. Un être plus versé dans les mathématiques proposait une vision du monde étrangement proche de celle d'un autre être, mieux formé, lui, pour l'étude du psychisme. Les deux chercheurs (je ne dis pas scientifiques, bien que cela ait pu être le souhait de Pauli pendant des années) avançaient, selon des modes différents, mais dans une direction unique, c'est-à-dire une meilleure compréhension de l'essentiel de l'univers psychophysique.

Cet essentiel, il s'agit que je sois forcé de sortir de son chemin, de ses ornières, pour que je sois pris de doutes, pour que ma vie cesse d'être tissée de profondes synchronicités, et pour que le monde tourne alors pour moi dans le mauvais sens. C'est fou, mais c'est ainsi, c'est issu de mon inconscient personnel, de ce que la vie a fait de moi, mais c'est aussi issu de ces grands archétypes qui me hantent comme ils hantent tout un chacun, archétypes avec lesquels je jongle, parfois avec souffrance, parfois avec joie. La poésie, l'état poétique, le Nord, l'état nordique m'aident à jongler avec plusieurs de ces grandes tensions archétypales qui sont miennes, tensions d'abord inconscientes qui ne parviennent la plupart du temps que sous forme de symbole à ma conscience. Ce n'est que notre disponibilité à « croire » à ces symboles comme à la synchronicité elle-même qui invente ces mêmes symboles, cette même synchronicité. Sans la foi en la vie inconsciente, il ne peut y avoir d'éruption positive dans le conscient. La réalité est dépendante de son invention par la psyché, de la même façon que cette réalité est le substrat même de cette psyché. Cela paraît paradoxal, et cela est paradoxal.

C'est avec instinct, pulsion et déraison que je sens le besoin d'exprimer l'état d'harmonie auquel je participe lorsque je marche, vis et respire dans la toundra. Domestiquer le langage qui me fabrique autant que je le manipule, juguler ses forces, c'est saisir un peu mieux ce que sont les champs de mon inconscient, ce que sont les mythes qui me propulsent. Tout est affaire de réflexion, d'état d'âme et de poésie. L'état poétique, auquel tous ont accès, sert de lien entre les univers physique et psychique. La matière, la terre, le monde, les forces naturelles sont là, autour de nous et en nous, accessibles aux sens. Perceptibles, ils nous permettent de donner de la substance à des émotions qui, autrement, pourraient ne rester que virtuelles, déconnectées des puissances chtoniennes. Toute la matière environnante, cette nature qui forme l'être humain et le conditionne, est aussi psyché.

Christ et foi

Une spiritualité sans être suprême demeure l'intrigue par excellence. Le bouddhisme m'attire par ce qu'il dégage de profonde spiritualité ; mais que le bouddhisme conçoive la religiosité sans Dieu me laisse perplexe. L'Occident se voit soumis plus que jamais ces années-ci à plusieurs forces d'origine bouddhiques. Les terribles événements qui survinrent dans les années cinquante au Tibet y sont pour quelque chose. La parole du dalaï-lama est vive et pertinente. Pourtant, une chose est sûre : les racines mystiques et religieuses de l'Occident ne sont pas bouddhistes, et encore moins taoïstes ou hindouistes. La figure du Christ, en Europe et dans les pays colonisés par les Européens, continue d'éclairer nos sociétés. Pour combien de temps ? Qui sait ? Le Christ pourrait fort bien n'avoir été qu'une figure de Dieu parmi d'autres. « Mon Dieu, mon Dieu, pourquoi m'as-tu abandonné ? » Cette parole d'un Christ agonique révèle d'abord son humanité, sa peur, sa possible exclusion de la divinité. Le Christ, au moment le plus souffrant de son existence, hurla comme nous pouvons tous hurler un jour : « Dieu, es-tu en moi, ou suis-je seul, perdu dans ce cosmos, absolument perdu et sans aucune raison de croire ? »

Seule la foi forge Dieu. Des personnages comme le Christ contribuent à édifier la foi sans laquelle l'Absolu devient suffisamment relatif pour cesser d'être.

Quel paradoxe, tout de même, inhérent à l'humanité, que le plus essentiel demeure si évanescent, si totalement lié à la foi, à la surcapacité imaginaire associée aux hormones, aux gènes, mais surtout, peut-être, aux extraordinaires pouvoirs de la conscience humaine ! Pourtant, la conscience de la foi ne peut être seulement intelligente ou logique. Elle se doit aussi d'être irrationnelle et enfantine. Sinon, elle ne transporte aucune montagne; sinon, elle laisse Dieu dans l'absence.

Dieu est donc, comme il pourrait ne pas être. Le contact avec le vide demeure le seul garant du contact avec Dieu, car il faut tout le vide du monde pour faire place à Dieu.

Que l'être humain cherche à combler le vide en s'agitant, et Dieu disparaît. Les bouddhistes affirment cela magnifiquement. Mais vivre cet état de vide entraîne de profonds déchirements, ce qui conduit parfois aux souffrances d'amour les plus délirantes. Mais il s'agit bien de souffrances d'amour. L'amour véritable ne peut qu'être souffrance avant de délivrer la joie.

Amour. Joie. Nous voudrions tellement participer pour l'éternité à ces valeurs suprêmes. Or, il n'en va pas ainsi. Or, il n'en va jamais ainsi.

> *Tout ce qui a une valeur est le produit d'une rencontre, dure par rencontre et cesse lorsque ce qui s'était rencontré se sépare. C'est la pensée centrale du bouddhisme (pensée héraclitéenne). Elle mène tout droit à Dieu.*
> *La méditation sur le hasard qui a fait rencontrer mon père et ma mère est plus salutaire encore que celle de la mort.*
> *Y a-t-il une chose en moi qui n'ait pas son origine dans cette rencontre? Dieu seul. Et encore « ma » pensée de Dieu a son origine dans cette rencontre*[3], écrit Simone Weil dans *La pesanteur et la grâce.*

Ce à quoi Pirsig pourrait ajouter, dans son *Traité du zen et de l'entretien des motocyclettes*:

> *La Qualité se situe au niveau de la relation entre le sujet et l'objet. Elle est au point de rencontre sujet/objet.* [...] *La Qualité n'est pas seulement le résultat d'un choc entre le sujet et l'objet. L'existence même du sujet et de l'objet découle de l'événement que constitue la Qualité, alors qu'on s'imagine souvent que le sujet et l'objet sont à l'origine de la Qualité*[4].

3. Simone Weil, *La pesanteur et la grâce*, Paris, Presses Pocket, 1991, p. 124.
4. Robert M. Pirsig, *Traité du zen et de l'entretien des motocyclettes*, Paris, Seuil, 1984, p. 202.

Cette Qualité essentielle dont parle Pirsig, n'a-t-elle pas de remarquables affinités avec l'âme ?

La guerre

Écrire, comme peindre ou faire de la musique, doit d'abord contenter pleinement l'âme de son combattant, en dehors du monde. Mais comment vivre de l'écriture dans un monde qui n'y croit pas ?

J'aime partager, et parler, et dire, et échanger, et me persuader que les humains ne sont pas subversifs. Pourtant, ces jours-ci, je suis plutôt découragé de ma planète. Et si l'humour n'était pas l'expression du rire de Dieu ? Et si l'humour n'était que l'expression de la vacuité de l'âme humaine ? Ne rit-on pas pour cacher les blancheurs catastrophiques du néant qui nous habite ? Mais il en faut du néant pour supporter les images des adolescents en train de se battre avec des pierres contre des tanks en uranium ! Il en faut du néant pour supporter le regard d'une fillette brûlée au troisième degré par une vague de napalm.

Je reste fasciné par ce qui est montré à la télé. Les larmes aux yeux à tout moment, je me dis que nos existences ne sont peut-être que des souillures dans la galaxie. Je dis que, dorénavant, les drapeaux de tous les pays devront être mis en berne quand des avions de guerre bombarderont des usines de médicaments. Nous devrons garder de longues minutes de silence chaque fois que des bulldozers pénétreront dans des territoires de pauvreté pour en détruire les maisons. Nous devrons célébrer la prise du pouvoir par Allende, au Chili, et non pas son renversement par le monde des affaires. Nous devrons nous souvenir que l'Occident a rempli, mais véritablement rempli d'armes le Pakistan alors que l'Afghanistan tentait de se débarrasser du joug soviétique.

Nous devrons bâtir des églises pour essayer de comprendre qu'une idéologie a donné son aval à quelques dizaines de milliers de Khmers rouges qui décidèrent de la mort indigne de plusieurs millions de Cambodgiens. Nous devrons fermer Wall Street chaque dimanche, et pourquoi pas tous les samedis, peut-être aussi le premier et le dernier vendredi du mois, de manière à permettre à la Terre de respirer, et à la mer de se remettre des monstruosités humaines qui détruisent les abysses et les sommets et les vallées et les coteaux et les collines de pays comme le Bengladesh qui attendent en tremblant le prochain coup d'eau provenant de la fonte des glaciers des Grand Nord et Grand Sud. Tout cela parce que le pétrole est devenu roi sur la planète, et que l'argent noir coule à flots, et que les pauvres en ont jusque-là de se faire dicter des lois par une centaine de conglomérats qui n'ont rien d'autre que des dollars à se mettre sous le sens. En berne. À genoux. Pour nous refaire un Sens. En dehors de tous les fanatismes, car les pires fanatiques sont ceux qui disent ouvertement combattre le diable.

Ces temps-ci, plus que jamais, il me semble que sans cette foi dans la lettre majuscule, celle de l'Esprit ou de l'Âme ou de Dieu ou de l'Harmonie, eh bien, je ne voudrais plus tellement habiter ce monde ridicule.

Les mots

Soll ich dich, Teurer, nicht mehr seh'n
(Te reverrai-je jamais, mon ami?)

Pamina à Tamino dans
La flûte enchantée de Mozart

Je me prépare à une autre aventure nordique en canot en prenant note de certains noms de petits fruits et de plantes comme le *cochlearia*, dont il y a quatre sous-espèces si je me fie à la *Flore laurentienne* du frère Marie-Victorin (*cyclocarpa*, *groenlandica*, *officinalis* et *tridactylites*), l'oseille arctique (*rumex subarcticus*), la renouée vivipare, le bleuet alpin, la plaquebière (nommée chicoutée par les Innus et *arpik* par les Inuits), la petite airelle rouge (graine rouge pour les Nord-Côtiers).

Je décollerai donc grâce aux mots. L'aventure seule sans les mots peut s'étioler dans les dédales de l'action abrutissante. Les mots aident à garder contact avec l'âme de l'aventurier comme avec l'Âme du monde. Les mots expriment les choses et les êtres, mais plus: les mots sont de l'âme. Sans les mots, il n'y aurait que de l'action pure et fortuite, de la fuite, une possible quête éperdue.

Pourtant, au fond de moi, j'ai souvent eu peur que la parole, la mienne, qui touche au sens, au poétique et à l'être, ne soit pas juste. D'où certains de mes choix, et bien des comportements, qui laissent croire que le rire, la légèreté et l'humour sont plus essentiels. J'ai parfois eu peur de jouer un rôle que je ne devais pas jouer. Peur de déranger les autres qui, me semble-t-il, auraient bien d'autres chats à fouetter que d'écouter mes mots. Comment est-ce possible que des individus «perdent» leur temps à venir m'entendre déclamer une suite de mots?

Comment est-ce possible de «perdre» son temps à lire ou à commenter des textes quand il y a tant de vie à vivre?

J'ai à tout moment remis en question ma place dans le monde en tant qu'écrivain, sachant que par-delà les mots qui disent la beauté du monde, il y a la beauté elle-même et que les mots ne peuvent suffire. Les mots ne sont que les manifestants de la beauté du monde. Ils servent à transmettre l'idée, puis la réalité de la beauté du monde. Les mots et le langage ne sont pas premiers; c'est l'amour et la vie amoureuse des êtres qui importent. Après, après seulement, la poésie peut prendre la place qui lui revient. J'ai cependant accepté de jouer le jeu de ma vie parce que ma parole peut voguer, à travers la parole des autres. C'est pourquoi j'écris. J'aime parler aussi. Mais je me méfie de moi quand j'obtiens un quelconque succès. Je me méfie de l'être qui se met à se croire (et se croire donne un pouvoir qui, comme tous les pouvoirs, a tendance à effacer l'amour). Je me méfie de tous les prosélytismes. Je me méfie donc de toute parole qui cherche à convaincre. C'est pourquoi lorsque je dis Dieu, tout de suite après, je dis une quelconque sottise. Car mon Dieu à moi rit beaucoup. Sinon, pourrait-il être vraiment Dieu, cause des plus grands doutes dans toute sa Vérité?

Le rire

C'est fou comme le rire apaise. Le rire atténue l'angoisse existentielle un peu comme la neige diminue la férocité du froid. On se dit qu'à force de rire et de vouloir faire rire, on finira par être obligé de répondre à cette question: d'où vient ce rire tonitruant qui nous triture si souvent? Est-ce parce que l'existence est d'un tragique consommé? Peut-être pas. Une petite voix intérieure nous dit que le rire est le propre du bonheur simple et que le jeu de mots a plus à faire avec la jouissance cosmique qu'avec l'intellectualisme. Et puis, de réflexion en réflexion, entre le tao du rire et le rire taoïste, les mots «crotte de nez» nous viennent à la bouche. On se dit que oui, vraiment, on est irrécupérable.

Il reste la poésie, peut-être, pour empêcher de sombrer tout à fait. Sans le rire des autres, que serait mon humour ? Sans l'escalade, que serait la montagne ? Sans l'affection et l'amitié, que serait l'amour ?

Il en va du rire comme du voyage. Les humains ne sauraient s'accomplir sans exprimer leur rire en même temps que leur envie de voyager. Théodore Monod le méhariste, fou du désert, avait raison. Mais qui l'écoute ? Il ne faut pas un bien grand rire humain pour faire rigoler Dieu. Suis-je iconoclaste en m'exprimant ainsi ? C'est dans le Nord que je ris le mieux. Le Nord résout les apparents opposés. Il est tout chaud ou tout glacial, mon Nord. Jamais entre les deux. Voilà sa qualité. Peu d'êtres tièdes survivent au Nord. Les humains y rient de bon cœur. Pas les indifférents.

Je divague, je sais, mais j'aime divaguer, dire avec naïveté ce que je n'arriverais jamais à dire sans l'ivresse que me causent certains textes. Les textes meurent quand personne ne s'y reconnaît, pas même leur auteur. Les textes survivent quand ils n'ont plus besoin de leurs vivants pour la suite du monde. Dans les instants de grâce procurés par certains textes, il me semble que je profite de l'ineffable affection dont les êtres sont capables lorsqu'ils se trouvent à leur point culminant. Aragon, Rilke, Saint-Denys Garneau ou Walt Whitman participent à mes moments d'euphorie, ils planent au-dessus des silences du monde. Quelle joie de jongler avec l'inutile du monde, avec le poétique qui ne nourrit jamais un estomac ni ne protège d'aucune intempérie ! Mais il y a plus : quelle joie de sentir la participation à un mystère que nous ne parviendrons jamais à nommer complètement, ce mystère relevant du silence de la terre et gardant tous ses ancrages dans le silence de l'Âme du monde.

Parler

Parler, parfois, permet ce que l'écriture ne permet pas. Parler fait passer directement de la sphère « privée » (des idées, des émotions, des intuitions, des intellections) à la sphère

« publique », c'est-à-dire à l'Autre. Parler permet d'ajouter le langage du corps, par les yeux, par la mimique, par les gestes, par les réactions plus animales, par l'index qui tapote le bord d'une table, nerveusement, par l'éternuement qui signe le corps souffrant. C'est ainsi, parfois, comme cela arrive entre amis, qu'il y a échange, partage, grâce au langage, le corps devenant véhicule du langage, révélateur d'une vérité qui ne peut se manifester que par les interstices du langage, par la fausseté aussi, par les mirages du langage, par les petits et grands mensonges du dire, le langage devant exprimer des faussetés afin de manifester le vrai, parfois, toute langue étant tributaire d'un certain mensonge et même d'une réelle fourberie pour exprimer la vérité sous-jacente aux apparences.

Un jour, j'écrirai à un ami pour lui dire que j'aime ce qu'il fait, ce qu'il écrit et ce qu'il lit. Mais par mon seul langage écrit, sans mes gestes pour me justifier, sans ma voix et mes yeux pour lui prouver que je dis vrai, il comprendra tout de travers, parce que ma lettre ne sera pas à la hauteur de mon cœur, parce que par naïveté, par pauvreté langagière aussi, mes écrits ne seront pas à la hauteur de ma pensée, ma sphère « privée » ne parvenant pas à s'exprimer avec toute la justesse nécessaire par ma langue écrite. Voilà un problème que la plupart des étudiants doivent affronter quand ils composent un texte, quand ils sont émus et que le correcteur leur signifie que par pauvreté langagière, ils ne sont parvenus qu'à tout emmêler.

L'un des plus beaux cadeaux que l'on puisse recevoir dans l'existence demeure néanmoins une lettre. Depuis quelques années, je trouve des gens qui correspondent avec moi. Je les aime. J'aime leurs lettres. Dans une lettre, la lenteur a le droit d'exister. Il faut, en effet, un certain temps pour écrire une lettre, pour la recevoir, la lire et la jauger, la relire et y penser, puis répondre. Recevoir une lettre, c'est palper le pouls de quelqu'un, c'est connaître ses élans, ses ébats, ses abattements. Dans une lettre, l'âme a le temps de se matérialiser, ce qui arrive peu souvent dans les cadres de la vie fax-téléphone-course-rejet-déchet, là où ça grouille, là où l'on profite pourtant de la culture ambiante. Le plus beau des cadeaux : quelques mots formés pour soi. Pour dire. Pour exprimer. Pour recevoir la sagesse des autres : *sophia*. Gardons en mémoire que chez les présocratiques, *sophia* ne voulait pas tant dire « sagesse » qu'« intelligence poétique ».

La parole et les milliards de mots ne servent peut-être à rien d'autre qu'à révéler une portion de l'Âme du monde dont nous faisons partie, qui est en nous et qui nous contient. Parfois, et c'est ce qui m'anime, il arrive que se réalise la communion des âmes, les unes et les autres parvenant à se gaver du langage. Tout à coup, pendant quelques instants, c'est l'harmonie. Chacun sent que règne l'harmonie. Les passions se taisent. L'envie d'être autre chose que simple cœur communiant se tait : naît alors l'harmonie.

L'*Ur-sprache*

L'*Ur-sprache*, c'est l'idiome d'avant la multiplication des langues, cette forme originelle que bien des mystiques ont cherchée et que les passionnés du langage cherchent encore, dont il question dans les premières pages du *Faust* de Goethe, et qui pourrait, possiblement, constituer cette « vérité » située derrière toutes les vérités annoncées, ce ciment qui rend possible, malgré toutes les impossibilités, la traduction.

> *Toute l'histoire du langage n'est-elle pas, comme le veulent certains adeptes de la Cabale, un mouvement acharné de pendule entre Babel et un retour à l'unisson, à certains états privilégiés où l'intelligibilité renaît?* [...] *Comme Nicolas de Cues bien avant lui, Böhme imaginait que la langue originelle n'était pas l'hébreu, mais un idiome soustrait aux lèvres de l'homme dans l'éclair de la catastrophe de Babel et maintenant éparpillé à l'infini dans toutes les langues contemporaines*[1].

Que recherchons-nous, par le langage et dans les mots, petiots que nous sommes ? Je n'ai pas lu le millième de ce que

---

1. George Steiner, *Après Babel*, Paris, Albin Michel, 1978, p. 67 et 69.

je devrais avoir lu. Je n'ai rien touché du *Bhagavad-gītā*. Je suis passé à côté de l'essentiel du théâtre grec. À cinquante-sept ans, je me sens tout à fait dépourvu devant le chemin qu'il me reste à parcourir, parce que mon éducation a été déficiente, parce que ma culture reste incomplète, parce que mon pays ne considère pas la culture comme une condition *sine qua non* à la vraie rencontre avec la nature, cette nature profonde qui nous meut et nous émeut, qui me parle quand je m'y trouve, en forêt et dans la toundra en particulier, que je ne parviens à désigner qu'avec une telle pauvreté de mots et d'expressions. Mais je ne me décourage pas. Je me trouve plus que jamais aux quatre coins de ma vie, entre l'expédition et l'envie de lire pendant des nuits et des nuits, entre l'amour passionné pour certains êtres et la séparation prolongée d'avec tous ceux que j'aime, entre la vie urbaine et ses concerts de Mozart et la vie inuite, entre mes enfants et le parfait silence de mon esprit qui, bien plus souvent qu'il n'y paraît, sait flotter, paisiblement, entre deux eaux, proche, je le sens, de l'*Ur-sprache*.

> *La langue établie, voilà l'ennemi. Le poète la juge empestée de mensonges. À force d'usage quotidien, elle s'est éventée. Les métaphores consacrées sont devenues flasques et les esprits maléfiques poudreux. La tâche pressante de l'écrivain est de « donner un sens plus pur aux mots de la tribu », comme dit Mallarmé parlant de Poe. Il faut ressusciter la magie du verbe en brisant les articulations traditionnelles de la grammaire et de l'espace organisé*[2].

Forme et fond

Toute parole, d'abord, existe pour être comprise. Jongler avec des mots simplement pour que les mots sonnent de façon plus esthétique m'a toujours paru bizarre, voire insuffisant. J'ai de la difficulté avec cette notion de forme qui l'emporterait sur le fond. Je suis porté à croire que la forme et le fond ne sont qu'une seule et même chose, des facettes différentes d'une seule et même matière qui crée le langage.

2. George Steiner, *Après Babel*, p. 172.

La forme donne le ton, et le ton fait le fond, de la même façon que le fond impose une forme. L'œuvre achevée, réussie, est celle qui ne demande pas qu'on tranche entre la forme et le fond. Fond et forme doivent s'amalgamer. Forme et fond, dans une lettre à un ami, par exemple, peuvent exprimer la détresse en même temps que l'enchantement. L'écriture guide plus qu'on ne la guide soi-même. D'où l'extrême difficulté de l'art. D'où l'extrême jouissance qu'on en tire, parfois, quand les dieux et les déesses ont été bons.

Écrire

Je vis souvent ma vie comme s'il y avait plusieurs vérités. C'est peut-être pourquoi ma quête est si ardue. Il y a certains mensonges auxquels je suis prêt. Ah, la fiction!... Sans mes écrivages, je ne vivrais pas dans ce monde d'aujourd'hui, pas de cette façon en tout cas. Le destin a voulu que je vive jusqu'à maintenant, et que j'écrive.

Écrire est une vie en soi, vie qui m'arrête et me laisse être partout avec de la joie sans devoir me déplacer. Joie du nomade assis pour méditer. C'est pourquoi, quand bien même tout ce que j'aurai fait devrait demeurer dans l'obscurité, j'aurai été heureux de le faire. Mais c'est ce bonheur de faire qui fera peut-être en sorte que tout brillera. Il y a en moi une totale obligation de partager, mes idées, mes souffrances, mes bonheurs, mes exaltations. Tout demande à être distribué; il y a trop pour ma seule âme. D'autres doivent y participer pour que le magma atteigne un tant soit peu de cette Qualité dont traite Pirsig dans *Traité du zen et de l'entretien des motocyclettes.* « L'art est, par nature, une quête de la Qualité — c'est tout ce qu'il convient d'en dire. S'il faut vraiment trouver une formule plus parlante, je dirai que l'art est la divinité, telle que l'œuvre de l'homme la révèle[3]. »

Il y a vingt-cinq ans, j'ai eu un flash qui me commandait, en toute clarté, d'entrer en écriture, un peu comme on

3. Robert M. Pirsig, *Traité du zen et de l'entretien des motocyclettes*, Paris, Seuil, 1984, p. 218.

entre dans une grande famille ou comme on découvre sa vocation. Je me devais d'écrire (et ce sentiment était lumineux) parce que j'allais ainsi garder foi en un monde trop souvent écroulé autour de moi. J'ai eu ce flash d'autant plus puissant que ma vie avait déjà basculé dans l'univers des maux. Depuis, je suis en quelque sorte resté prisonnier de cet univers. Mais comme un prisonnier rétif, je regimbe en permanence, tentant de garder le cap grâce aux mots.

La première journée de ma vie où j'ai dû affronter le réel des malades et des soignants, il m'a semblé que j'avais commis une grave erreur de parcours. D'ores et déjà, il me fallait travailler à changer le cours de cette erreur. J'ai senti, dès mes premiers pas dans ce que j'appelle le réel (bien qu'il ne soit qu'un certain réel), que les mots m'aideraient à survivre avec dignité. Mais quels mots ? De quelle façon ? Je n'en savais rien. Je sentais seulement, en dedans de moi, que les mots m'aideraient à passer au travers de ma vie, et que ce serait grâce aux mots que j'arriverais à ne pas sombrer dans la dépression de l'univers auquel j'avais accès, univers fait de jeux de pouvoirs, mais aussi de tactiques malades, de pauvreté, de misère, de mal, de souffrances extrêmes, de stress délétère et de mort. Les mots allaient m'aider à ne pas mourir trop vite, même plus, à ne pas mourir moi-même, ou pas de la façon dont je voyais la mort opérer autour de moi. La maladie des soignants, parfois plus névrosés que leurs propres patients, m'avait sauté à la gorge. La mort des grands malades, des vieillards aussi, eux qui devaient faire face à l'inéluctable, me rendait triste à mourir. Mais les mots allaient me pacifier. Pourtant, comment apprendre à jongler avec un outil qu'on ne possède pas bien ? Comment lire et apprendre à lire ? Comment trouver le ton tout en conservant les moyens d'aider ? Parce que, tout jeune, on veut aider. On veut tellement aider quand on a vingt ans. On est même prêt à se faire tuer à la guerre, des guerres toujours inventées par des plus imbéciles que soi. La jeunesse possède des qualités de pureté que le pouvoir de la vieillesse oublie.

J'avance en reculant grâce aux mots. Plus les années passent, plus je me rapproche de ce que j'étais quand je n'avais justement pas les moyens de mes mots. Je sens que dans cinq ou dix ans, si le destin me prête vie, j'atteindrai cette parole qui était mienne quand j'avais le plus important à dire, c'est-à-dire quand j'avais cinq ou six ans. Depuis quelques années, j'arrive à dire ce qui m'animait quand j'avais dix-huit ou vingt ans. J'ai donc avancé. J'avance en reculant dans « mon » temps. Mais je ne dois pas mourir, ou cesser de plonger dans mes mots, tant que je n'aurai pas dit ce qui me hantait quand j'avais cinq ans. Plongé dans l'infini du ciel, assis devant la fenêtre de ma chambre, la terreur de l'absence de Dieu me lançait dans les plus horribles angoisses. Partager ses peurs intimes et les joies obligatoires qui les accompagnent me semble l'aide suprême à l'Autre, encore plus essentielle que le soin des maux physiques.

Les mots demeurent pour moi les seuls véritables baumes contre les maux du monde. Prendre conscience de son être, aussi tordu et laid et passionnel et lascif et voué au néant (peut-être), c'est prendre conscience d'un mal intolérable, intolérable pour la plupart des gens qui cherchent à occulter ce mal. Mais alors que ce mal est révélé par la lumière des mots, plusieurs cherchent à tuer le Verbe en le faisant s'écrouler sous des tonnes d'insignifiances, des milliards et des milliards de mots inutiles. Placotages et infinis discours pour ne surtout pas voir l'infini des maux de l'Âme du monde.

Peut-être écrivons-nous pour empêcher que le trésor qui se trouve dans notre cervelle en même temps qu'au fond de notre ventre ne reste à tout jamais secret. Peut-être écrivons-nous pour redire encore et encore que ce trésor existe. Serait-ce la raison de nos émotions quand un poème, une chanson, un texte, un roman, une pièce musicale, un chant d'oiseau, une parole aimante nous excitent? Le trésor vibre, laissant percevoir qu'il est là. En tant qu'aligneurs de mots, nous avons le devoir de panser les maux qui, sans cesse, tout au cours de la vie, rejettent les richesses de nos vies dans des cavernes sombres et tristes. Il faut ciseler, laisser chanter, écouter et laisser vivre, lancer dans le monde quelques étincelles, des fragments de diamant. Voilà une des tâches de l'artiste. Mais parfois, à force de tant donner, le montreur de trésor meurt, épuisé. Mais il a aimé. C'est ce qui comptait. Ce n'est, je crois, que cela qui compte. Alors, le monde humain peut continuer de tourner.

Pour bien écrire, on ne devrait pas avoir comme tâche d'être père (j'aime mes enfants à en brailler toutes les larmes de mon corps), d'être soignant (être médecin restera pour moi une tâche teintée d'une longue souffrance à porter), d'être aventurier (l'aventure finira par m'achever) ou d'être amoureux. Pour bien écrire, il faudrait être comme la poésie elle-même, c'est-à-dire désincarné, telle une entité flottant entre les eaux et les airs, une manière d'exprimer que l'Âme du monde existe.

Je ne trouve pas facile mon combat contre les mots et contre moi-même, car il y a souvent bataille rangée, et coups de poing reçus et coups bas donnés. Le langage me fait obstacle, et ce n'est surtout pas parce qu'il y a des mots alignés et même des phrases bien construites qu'il y a vrai langage. Alors, que faut-il pour ne pas sombrer ? La poésie du monde qui attend qu'on lui imprime un rythme pour montrer son existence. Quelle tâche !

On aime écrire parce qu'on ose vouloir aimer les autres et soi-même et qu'on sait qu'on n'y arrivera jamais, car c'est une tâche insurmontable que d'aimer, aimer autant qu'il arrive qu'on aime un poème parce qu'on a réussi à le créer. Il devient alors un bateau ivre, on y arrive, on touche à l'Absolu du monde, il y a quasi-perfection, on le pressent. On aime écrire parce qu'on atteint parfois le fond du baril, le désespoir absolu, tandis qu'avec la matière vivante des humains qui nous environnent, il n'y a pas d'absolu, il n'y a que la mort, cette chair qu'on mord en l'aimant. On écrit donc pour croire à la vie et faire en sorte que notre gentiane jamais ne se fane, cette belle femme entre nos doigts, avec les mêmes cheveux de jais ou d'or, les mêmes coulées le long du corps, les mêmes brillances de soleil dans les yeux.

Le problème du mal

Je sais maintenant que lorsque j'ai terminé mes études, je n'étais pas prêt à affronter le Mal dans ses diverses composantes. J'allais en souffrir. Je ne m'étais jamais suffisamment interrogé sur la présence du Mal dans le monde. Mais que pouvais-je vraiment savoir à propos de la souffrance ou de la mort quand, par hasard, j'avais eu la chance d'être protégé par une famille aimante ? Comment prévoir qu'on fera face à tant d'accidents comme médecin, à tant de mutilations, volontaires ou non, à tant de tentatives de suicide, à tant de suicides réussis quand on a eu le privilège de ne pas avoir été lancé dans l'existence de manière trop violente ou trop inique ? Comment réagir quand on rencontre pour la première fois une mère qui rejette brutalement son bébé ? Comment annoncer à quelqu'un que le cancer qui le ronge va bientôt le tuer et que les miracles sont épouvantablement rarissimes ?

Quand j'avais vingt ans, je lisais certains romans tout en demeurant convaincu que ces textes n'étaient que pure fiction, sans réelle application avec le monde des travaux et des jours. Naïf, j'étais ! Une meilleure prise de conscience de ce qu'est la littérature m'aurait permis de comprendre pourquoi j'allais tant souffrir au contact de la souffrance des autres.

Grâce à la lecture de Simone Weil, j'ai saisi l'un des ressorts fondamentaux de la psyché : « La création est faite du mouvement descendant de la pesanteur, du mouvement ascendant de la grâce et du mouvement descendant de la grâce à la deuxième puissance[1]. » Le travail des écrivains qui

1. Simone Weil, *La pesanteur et la grâce*, Paris, Presses Pocket, 1991, p. 10.

choisissent de partager des portions de leur univers intime peut s'avérer éminemment précieux, d'où une littérature de qualité universelle qui s'est perpétuée à travers les âges, depuis Homère et Lao-Tseu jusqu'à Flaubert et Dostoïevski, ces auteurs ayant développé la capacité de capter grâce à la magie des mots rassemblés certains états d'âme, par exemple le spleen bourgeois d'une Emma Bovary.

Sommes-nous essentiellement si seuls dans ce monde, totalement responsables de tout, ou y a-t-il un Absolu, un Dieu qui intervient dans ces enfers que sont la maladie, la souffrance et la mort ? Cette interrogation me semble conduite avec un rare brio par Albert Camus, dans *La peste*. Le docteur Rieux n'y fait là que son devoir de soignant et rien d'autre. Camus y met aussi en scène l'abbé Paneloux. Après la mort d'un petit enfant, le prêtre finit par voir un peu plus clair au sujet de ces apparentes « colères divines » qui n'en sont peut-être pas quand surviennent de grands bouleversements touchant les humains. N'existe-t-il pas pour tout être une peste latente qui ne demande qu'un simple incident pour éclater au grand jour ? Lorsque le malheur s'abat sur une communauté, les pestiférés n'ont-ils pas le devoir — et c'est l'esprit qui anime Camus — de continuer à trouver un sens à leur vie ? Sinon, seul le suicide demeure la solution. Dans *Œdipe-Roi* de Sophocle, le personnage principal, une fois qu'il a pris conscience des crimes qu'il a commis — meurtre du père et relation incestueuse avec la mère —, ne s'enlève pas la vie. Plutôt, il choisit de se crever les yeux avec une épingle du manteau de sa mère. Puis, sur la route le conduisant vers Colone, il devient clairvoyant. Clairvoyance et lucidité demandent-elles toujours pareil aveuglement ? Peut-être. C'est ce que choisit en tout cas Rimbaud en se laissant sombrer dans *Une saison en enfer*.

Parfois, la vie fait qu'on devient radiologiste. Alors, pour toutes sortes de raisons, on exerce sa profession dans un grand hôpital d'une ville nord-américaine. Spécialiste des spécialistes, on doit avoir assimilé une science nouvelle, extraordinairement sophistiquée, l'imagerie médicale contemporaine permettant des diagnostics qui, il y a quelques années à peine, restaient encore impensables. Certaines des avancées les plus déterminantes de la science médicale dépendent de techniques comme la résonance magnétique. L'enfer, cependant, quand on est radiologiste, n'est-ce pas de se retrouver dans le rôle ingrat de devoir fournir essentiellement des réponses exactes ? L'enfer, pour tout médecin, ne consiste-t-il pas à ne plus avoir droit à l'erreur ?

Nécessaire prise de conscience de la valeur suprême de l'Amour, amour *agapan* [2], quand il y a danger pour tout médecin de perdre pied, malgré les compétences acquises, malgré tous les talents, malgré le clinquant relié à la profession médicale en Amérique du Nord ? Car malgré l'extraordinaire chose que puisse être une greffe cardiaque ou une chirurgie intracrânienne permettant l'extraction d'une tumeur cérébrale, la mort — toujours la mort ! — demeure inévitable, quelles que soient les entourloupettes de l'imagination active, quels que soient les plus grands sparages faustiens. Illusion absolue de croire un seul instant que l'humain vaincra la mort grâce au clonage !

Quelle que soit la qualité de la science médicale permettant le sauvetage d'un enfant handicapé, il n'y a toujours que ce puissant et total constat : en dehors des forces de l'Amour, rien n'en vaut la peine, rien de rien. Toutes les littératures finissent toujours par rappeler cette objurgation, depuis la nuit des temps, depuis l'*Iliade* et l'*Odyssée* comme depuis les

---

2. Le philosophe Thomas De Koninck, faisant référence à *L'éthique de Nicomaque* d'Aristote, rappelle que *quatre mots grecs sont constants pour désigner différentes formes d'amour :* storgê, *« affection »,* erôs *« amour-passion »,* philia, *« amitié »,* agapan, *« aimer » au sens d'estimer ou d'admirer (le mot* agapê, *« charité », ne semble pas se trouver avant la version biblique des Septante et le Nouveau Testament.) Mais chacun a d'autres significations (agapan s'emploie également pour « chérir » ses enfants, etc.)* [...]. *Retenons surtout que philein (et par suite philia) signifie « aimer » en son sens le plus large, recoupant fréquemment les différentes formes d'amour désignées par les autres termes.* (*De la dignité humaine*, Paris, Presses universitaires de France, 1995, p. 207.)

Contes des mille et une nuits. L'amour, l'amour *erôs* comme l'amour *philia*, mais surtout l'amour *agapan*, plus proche de la conception de l'amour chez Simone Weil, constitue le commencement, la durée et l'aboutissement.

Faire le constat de l'amour pour tout scientifique pratiquant la médecine, ici et maintenant, c'est faire le constat d'une obligatoire humilité. Soigner, comme le rappelait Jacques Ferron, lui-même médecin de campagne et écrivain bouleversé par la folie, la sienne comme celle de ses malades, restera toujours une affaire de profonde humilité.

Vide, amour et barbarie

Je me trouvais au Krieghoff, mon café préféré à Québec, l'endroit où je m'arrête souvent pour reprendre des forces tout en avalant un bagel au jambon-fromage, là où je donne la plupart de mes rendez-vous, là où je revois même mes enfants, de temps en temps, histoire de nous redire que nous nous aimons comme des fous.

Cet après-midi-là, j'étais seul, je n'attendais personne, j'avais une ou deux écritures à retravailler. Tout à coup, j'ai vu Frédéric qui entrait, je l'ai reconnu parce que mon frère me l'avait présenté quelques mois plus tôt. Il revenait tout juste d'un assez long séjour en Afrique pour le compte de Médecins sans frontières. À mon invitation, il s'est assis à ma table, le temps d'une bière. Nous avions à peine commencé à échanger, « Salut, content de te voir ! » que Pierre, mon ami peintre, est passé devant nous. Je le croisais de temps en temps au Krieghoff, toujours par hasard, mais quand cela arrivait, c'était très souvent pour une discussion corsée qui finissait par m'enthousiasmer en me lançant dans des réflexions qui pouvaient durer des semaines. J'ai présenté Pierre à Frédéric. Une bière ? Trois bières pour entrer en parlure. C'est ainsi que le bal a commencé.

Pierre a d'abord demandé de quel pays revenait Frédéric. « De la barbarie », s'est-il fait répondre, celui-ci sachant mêler ironie et sérieux. D'emblée, nous nous sommes retrouvés dans le torride d'un pays en guerre, en Afrique, dans un hôpital de campagne. Comment répare-t-on une épaule fracassée par une balle ? Comment procède-t-on à une césarienne quand il y a *placenta prævia* ? Comment recoud-on un cul-de-sac de Douglas défoncé par un coup de poignard ? Comment apprend-on à un homme qui a été amputé des deux jambes après avoir sauté sur une mine qu'il faudra aussi lui enlever son bras droit ?

Pendant plusieurs semaines, Frédéric était resté prisonnier de l'hôpital, se reposant dans une chambrette sans lavabo ni toilettes, toute sortie étant impossible à cause de la trop grande violence environnante. Pierre, que je savais éminemment sensible, l'écoutait avec plus que de l'intérêt. Une nuit, Frédéric procéda à sept césariennes d'urgence. La même nuit ! Les innombrables parturientes de ce pays souffraient plus souvent qu'ailleurs d'un problème de dystocie. Je me rendais compte que mon ami peintre tentait de capter, tout en la décortiquant le mieux possible, l'information qui nous était livrée à grands flots. « *Placenta prævia*... Cul-de-sac de Douglas... Dystocie... » Frédéric raconta comment un chirurgien local, soûl, qui l'avait remplacé pour qu'il puisse dormir un brin, après trois jours de labeur ininterrompu, avait tellement tripatouillé l'utérus d'une patiente que son bébé en était mort, la jeune femme ne parvenant à s'en sortir qu'*in extremis*, après une hystérectomie d'urgence, elle qui avait pris la peine de coucher dans la cour de l'hôpital pendant les trois derniers mois de sa grossesse pour être bien sûre que, cette fois, son enfant ne mourrait pas. Pierre déglutit bruyamment. Sa bière était terminée. Je fis la commande de trois autres verres. Puis ce fut l'histoire de Thierry, sept ans, aux hanches détruites par une polyarthrite infectieuse fulminante, qui était hospitalisé depuis des mois, qui souffrait le martyre malgré la mise en traction permanente de ses membres inférieurs. Une nuit, l'essoufflement... Thierry hurla de douleur, « ayayayayayaya », pendant qu'on le transbahutait dans la seule salle de l'hôpital où un peu d'oxygène était disponible. Le garçonnet mit six heures avant d'arrêter de respirer, assassiné par une embolie pulmonaire massive. Frédéric semblait posséder un bagage inouï d'histoires plus tragiques les unes que les autres. Soudain, Pierre s'exclama : « C'est comme si tu revenais de l'enfer ! » « De la barbarie ! » répéta Frédéric, ce qui mit le peintre en verve :

« En t'écoutant, je me suis dit que c'était par amour que ton âme avait un tel besoin de risquer sa vie. Comme si l'âme manifestait de cette façon son pouvoir sacré sur la mort, pouvoir qu'elle ne peut exercer qu'en s'offrant à la mort avec un magnifique saut dans le vide sans filet. »

Frédéric regarda Pierre droit dans les yeux. Était-ce la première fois depuis son retour d'Afrique qu'il entendait pareils propos ? Pierre, que je savais capable de réelles envolées mystiques, poursuivit : « C'est comme pour le Christ. Il est allé jusqu'au bout de sa quête. Ses semblables l'ont crucifié. Il a risqué gros. Il en a perdu la vie. Mais de cette façon, il sauvait son âme. C'est par son saut dans le vide que le Christ a touché au divin. Il est en quelque sorte devenu la part divine de sa mort choisie et assumée. Même chose pour nous : nous n'avons qu'à suivre son exemple, chacun à notre manière, avec nos possibilités comme nos talents, mais aussi avec nos peurs et nos souffrances. Il me semble que toi, Frédéric... » « Que je risque gros ? a répliqué le chirurgien. Je sens que c'est ce que tu vas me dire. Peut-être... Mais je suis dans le Sens, je le sais maintenant. Dans le Sens comme jamais auparavant. J'ai pourtant travaillé fort dans mon pays. Mais le sens, je l'ai d'abord trouvé en Afrique, malgré toutes les barbaries. Ça peut paraître paradoxal, je l'avoue... »

« Courtiser la mort tout en l'aimant, la rejeter tout en l'appréciant même si c'est finalement la vie qui importe, voilà le sens de notre quête à tous », a continué Pierre, que j'ai imaginé en train de peindre une espèce d'immense tableau créé autant à l'aide de paroles qu'avec ses doigts. Dans son atelier, j'avais déjà admiré certaines fresques pleines de lumière, de corps en prière et de regards doux. Mon ami était un passionné, passionnant, parfois plutôt déroutant, mais dans ses yeux, quelle lumière !

« Pas de vie sans mort associée ! a tonné Pierre. Pas de lumière sans ténèbres ! Les ténèbres sont obligatoires à l'existence de la lumière. » Le peintre était assis sur le bout de sa chaise et faisait danser avec élégance ses mains aux longs doigts. « Comme tu le dis, mon cher Frédéric, et comme je l'entends, la mort n'est pas que derrière la grande épreuve physique. Elle est aussi derrière le petit risque. Vivre chaque instant sa simple vie représente un risque, dans tous les pays, riches ou pauvres, paisibles ou affolés. Quand donc peut-on savoir qu'une leucémie va nous tuer à vingt-deux ans, ou qu'un sida va nous faucher à trente-trois, ou qu'un sale cancer va nous écrabouiller à quarante-quatre ? Pourquoi donc le malheur nous tombe-t-il dessus quand on est un simple promeneur dans une rue de Beyrouth ou de la bande de Gaza ? Pourquoi surviennent des accidents graves sur la route entre Saint-Tite-des-Caps et La Malbaie ? »

« Je pense moi aussi que c'est l'amour qui nous sert de lumière pour agir, a dit Frédéric. J'ai la conviction que seul l'amour, l'amour humain comme l'amour cosmique, celui d'un Dieu que je n'arrive plus à nommer, surtout ces années-ci, peut nous sauver. L'Amour. Mais quelle impossibilité quasiment absolue de toucher au véritable amour, à l'amour désintéressé ! C'est peut-être pour ça que je cours le monde en me servant de mon métier de chirurgien. Pour avoir l'impression que je sers par amour et non pour le fric ou la gloriole. »

Frédéric s'était cette fois adressé autant à moi qu'à Pierre. J'aurais voulu ajouter mon grain de sel, mais Pierre, qui m'avait un brin paru désarçonné au point de départ par les propos de ce jeune chirurgien tout droit sorti d'un film apocalyptique, a lancé : « Parfois, en musique, en poésie, en peinture, on sent que l'amour existe. C'est comme un père qui serre son enfant dans ses bras... ou comme une mère qui embrasse son nouveau-né tout gluant, juste après sa naissance. Amour... Mot plus fondamental que les mots nature ou poésie, plus même que le mot Dieu. C'est peut-être pourquoi tant de gens se montrent incapables de prononcer ce mot-là sans malaise. Amour-Dieu... oui, voilà une expression plus appropriée. Je voudrais vous avouer, même si cela me gêne, que mon siècle me fait peur. Je ne suis pourtant pas peureux de nature. Je n'ai jamais eu peur en forêt, ni sur les rivières où j'ai navigué pour peindre. Ce sont les humains qui m'effraient, les humains et leurs lubies, leurs volontés, leurs haines, leurs colères, leurs passions démentielles. Les humains qui forment la race dont je fais partie… Dieu n'est ni le tout ni la partie, mais l'amour qui relie les deux, le tout et la partie. Entre nous et le cosmos, un Dieu-Amour fait le lien. Entre nous et le cosmos qui nous habite en permanence depuis notre naissance et vers lequel nous retournons une fois changé en poussière d'étoile, il y a un amour absolu auquel j'aime croire. Le cosmos, pour moi, c'est le monde de la religiosité cosmique, celle de Giordano Bruno, lui que l'Inquisition a fait brûler, lui qui s'était inspiré de la cosmogonie de Copernic, lui qui a osé défier une Église souffrante à cause du schisme luthérien, une Église qui ne pouvait plus endurer aucune contradiction. L'Église chrétienne d'aujourd'hui souffre-t-elle encore autant d'être contestée ? Je ne sais pas. Je ne sais plus. J'aimerais être rassuré. »

« Je ne pense pas être capable de te rassurer en ce moment, a répliqué Frédéric. Vois-tu, en Afrique, j'ai côtoyé le Mal. Je suis content d'être revenu chez moi. Mais j'ai envie de repartir. De fait, je repartirais demain matin. Bizarre, non ? Pourquoi ? Parce qu'il me semble que je perds le sens de ma vie dans mon pays, même si c'est paisible. C'est un cadeau du ciel de pouvoir vivre dans un lieu en paix. Mais dès que je remets les pieds chez moi, je ressens le vide. Un grand vide… Un de mes amis, chirurgien plastique, me disait qu'il venait de perdre plusieurs semaines, avec ses avocats, parce qu'il était poursuivi par une de ses patientes qui trouvait, après une mammoplastie, qu'il y avait une trop grande différence de grosseur entre ses seins. Beaucoup d'argent en jeu. La patiente est mannequin… »

J'avais envie de rire et de pleurer tout à la fois. Sottise du vide dans lequel nous devions évoluer, dans une société de centres commerciaux et de consommation effrénée, tant pour les voitures d'occasion que pour les seins modifiés.

« Il est sûr qu'il faut considérer l'existence du Mal, a continué Pierre. Le Mal ne se trouve pas seulement accolé aux États en guerre. Il y a autant de Mal dans les sociétés du vide… Le Mal existe en lui-même. Il fait contrepoids au Bien. Pas besoin d'écouter la télé pour en prendre conscience. Tous le pressentent et tous le vivent, à un moment ou à un autre. Peut-être est-ce l'âme qui est porteuse du Bien ? Quand je peins, ce que je tente de faire, c'est d'insuffler de l'âme à ma toile. Mais je ne suis plus certain que l'âme soit à ce point la seule porteuse du Bien. J'ai un ami qui prétend que l'âme "est" comme la nature, que l'âme comme la nature ne sont ni bonnes ni mauvaises, parce que les choses de la nature "sont", en nous et à notre insu, avec nous et en dehors de nous. La vie animale ou végétale comme la Terre elle-même ne sont pas en relation directe avec le Bien ou le Mal. Les pierres comme les insectes comme les mers démontées comme les cocotiers tranquilles pleins de fruits comme les galaxies qui tournent et tournent le font dans la vie, mais aussi en pleine mort éventuelle, et cette vie est en quelque sorte en dehors de nos conflits humains qui, eux, gravitent autour des notions du Bien et du Mal. La vie cosmique "est", un point c'est tout. Le divin du monde et Dieu qui dépend de notre foi ne sont associés qu'à la présence de l'être humain qui possède la fondamentale liberté de choisir entre le Mal et le Bien. La nature et même Dieu ne peuvent qu'observer, et docilement, pourrait-on dire. La liberté fait partie du plus génial en même temps que du plus horrible destin de l'humanité. L'être humain est doué d'intelligence, d'une raison salvatrice, qui lui permet de ne pas succomber aux intempéries et aux attaques des bêtes, bien que cette même intelligence raisonnable soit capable de créer le Mal, pire que tous les autres cataclysmes naturels. Les tsunamis comme les glaciers qui fondent n'ont pas de sentiments, qu'ils soient bons ou mauvais. J'ai peur que le XXIe siècle ne se prépare à une apocalypse sans précédent. Mille milliards de dollars sont investis chaque année dans les différents armements de par le monde. Les États-Unis en dépensent la moitié ! Mais il y a la Chine, l'Inde, la France, la Russie, la Grande-Bretagne… Même l'Italie ! Le Mal, à mon sens, n'est essentiellement qu'humain. Rien d'autre, mais c'est bien assez ! Âme et cosmos et nature, et *a fortiori* Dieu, ne font qu'un pour créer la vie. Notre tâche, à nous, les humains, n'est peut-être essentiellement que de montrer la beauté du monde. De la montrer en la magnifiant. C'est peut-être là que se trouve notre plus grand Bien, le seul qui puisse contrer le Mal ambiant. »

Frédéric avait semblé perdre le fil de la conversation. Son regard errait. À quoi pensait-il ? À qui ? Il s'est levé et m'a serré la main pour prendre congé, puis il s'est présenté devant Pierre pour le prendre dans ses bras, comme si le peintre avait été un très vieil ami. Accolade à la fois virile et intense. De toute évidence, il y avait eu connexion entre les deux hommes. De leur échange, j'allais conserver un écho intense.

Mon ami peintre est retourné à ses tableaux, à son œuvre et à ses prières. Le jeune chirurgien est reparti en mission, en Asie cette fois, dans un pays écartelé entre le Pakistan et l'Iran, missionnaire postmoderne en voyage au bout du monde pour les mêmes raisons qui poussèrent tant d'aventuriers dans le passé à explorer leur univers afin de combattre le vide d'un monde devenu souvent trop confortable. Profond paradoxe.

Je restai longtemps à ma table après le départ de mes amis. Une beauté aux yeux pers vint me demander si j'allais prendre un morceau de gâteau. Pourquoi pas ?

Papy

J'ai connu Papy lors de mes premières incursions en pays inuit. Je l'ai souvent croisé dans le village, dans la toundra aussi, un peu partout où il y avait du gibier, sur la mer, aussi loin que l'île Mansel, tout au nord de la baie d'Hudson, puis dans la gueule de la rivière Kogaluc. Papy maniait avec une habileté rare le kayak fait en peaux de phoques qu'il avait lui-même construit, qui lui servait pour la pêche à l'omble arctique. Il aurait pu posséder un bateau en fibre de verre et le doter d'un moteur hors-bord, mais Papy aimait ses vieilles choses, fonctionnelles ou non. Un peu miraculeusement, il était parvenu à conserver le mode de vie traditionnel qui avait toujours été le sien, malgré la modernité qui atteignait de plein fouet son univers nordique. Son sourire paraissait toujours plus large que le détroit d'Hudson.

Papy. Nous avons souvent mangé ensemble des *arpik* à pleins seaux, dégusté de l'omble cru avec du thé et de la banique. Nous avons découpé des caribous que lui ou moi avions abattus. Nous avons parfois dormi sous la même tente. Un soir d'hiver, il me fit connaître les secrets de la construction d'un iglou, la façon dont les blocs rectangulaires doivent être agencés, comment on aboutit à une solidité telle qu'un homme heureux, un gigueur ou un Inuit farceur peut sauter à pieds joints sur le dôme de glace sans que rien ne s'écroule. Papy riait beaucoup, des blagues qu'il s'inventait lui-même comme des simagrées que quiconque lui faisait. Il s'amusait beaucoup de mes gaucheries quand il m'apprenait l'art de tendre les filets sous la glace. Il me faisait penser à Nanuq, le personnage principal du film *Nanook of the North*, de Robert Flaherty, tourné à Inukjuak en 1922, l'un des premiers documentaires de toute l'histoire du cinéma, un chef-d'œuvre.

Sacré Papy ! Un peu comme Flaherty, j'eus donc la chance de connaître un de ces *nanuq*[1] de légende. Papy était vraisemblablement de la même taille que Nanuq, petit quand on le comparait à un Cri ou même à un quelconque descendant de Viking. Mais, petit ou pas, quelle force ! Il marchait comme la plupart des Inuits, les jambes arquées, solidement ancré dans la toundra, capable de vaincre sans défaillir les blizzards les plus furieux. Avec ses mains larges et calleuses, il savait tout faire, ou tout ce que son père et ses oncles lui avaient appris, une foëne comme un *qamutiik*[2] dont les patins glissent parfaitement sur la croûte. Cher Papy.

Peut-être était-ce le fait du hasard, mais jamais je ne dus me pencher à son chevet en tant que médecin, sauf à la toute fin de sa vie. D'abord parce que Papy n'a été malade qu'au cours des derniers mois de son existence — il ne se blessa même jamais gravement — et puis parce que d'autres médecins que moi intervinrent, parce que je n'étais pas de garde la première fois qu'il perdit conscience.

En pleine rue, alors qu'il partait pour la chasse, il tomba devant sa porte, inconscient. Des voisins le transportèrent à l'urgence. Premier moment de « déchéance » pour mon ami. Il utilisa précisément ce mot en m'expliquant comment il se sentait alors que je lui rendais visite quelques heures après son arrivée. Il était nu sous sa chemise d'hôpital ; pour rigoler, il soulevait les jambes en me montrant les muscles de ses quadriceps. Pourtant, au fond de lui, il ne rigolait pas. Il se sentait diminué, et cela, il ne l'acceptait pas. Il n'allait pas l'accepter. Il n'accepterait jamais de ne plus courir la toundra ou la mer. Anne-Julie, excellente médecin, avait posé la première le diagnostic de diabète. Elle allait s'occuper de Papy.

Il demeura plusieurs jours dans une chambre proprette mais qu'il n'aimait pas, le temps de passer certains tests, le temps de voir comment les médicaments agiraient sur son sort. Chaque matin et chaque soir, je le voyais, non comme

1. Ours blanc.
2. Traîneau inuit.

professionnel mais en tant qu'ami, ce qui ne m'est pas arrivé souvent, peut-être parce que, lorsque des êtres chers ont été touchés par la maladie — certains membres de ma famille ou certains grands camarades —, je n'ai guère aimé me retrouver dans un hôpital auprès d'eux. Une personne que j'apprécie intimement et qui tombe malade, cela me donne le cafard. De fait, la souffrance des autres m'a très souvent troublé profondément. Je peux dire que la souffrance, jamais, ne m'a paru « intéressante ». Préoccupation fondamentale pour l'humanité depuis l'aube des temps, certes. Mais qu'elle ait pu être la cause d'intérêts, de plaisirs ou de joies scientifiques ou philosophiques : non !

Lors de chacune de mes visites, au début, je ne disais rien. Papy amorçait la conversation. J'alimentais ensuite l'échange. Comme toujours, Papy savait être à la fois drôle et sérieux. Nous parlions immanquablement de toundra, de caribous et de bleuets, puis de haute mer et de courses en direction de certaines îles de brouillard qu'il était le seul à connaître. Trésors de la baie d'Hudson. Lieux de grands mystères, là où il y a encore des morses, autour desquels aiment flâner les narvals. Papy racontait ; je ne songeais qu'à partir avec lui. Nous aimions tous les deux évoquer certaines tempêtes que nous avions vécues, le passage des grands animaux entre les lacs, à l'intérieur des terres, les volées d'oies blanches capables d'emplir la totalité d'un ciel de mai. Lui, il disait *nirliq* ; moi, je disais outarde. Mais nous nous comprenions bien. Lui et moi, nous aimions *grosso modo* les mêmes choses, même si nous provenions de mondes différents, même si nous partagions des cultures extraordinairement différentes. Ce qui nous animait, c'était les larges espaces et la lumière, les grands froids et l'amitié qui naît de tous les ébranlements causés par le temps nordique. L'abondance de la vie animale, dans le Grand Nord, nous gardait en vie et, surtout, protégeait notre envie d'être heureux. Mais de ne plus pouvoir profiter de la manne… ah ! ça, non ! Papy ne le tolérerait pas… Sa maladie, cette engeance du diable qui lui faisait courber le dos, ce diabète débilitant, il ne l'acceptait pas. Je me disais que si j'avais été à sa place, moi non plus, je n'aurais pas accepté.

Même s'il n'avait pas un gramme de gras en trop, mon ami souffrait d'un diabète extrêmement difficile à contrôler. Depuis plusieurs mois, sinon quelques années, le mal avait fait toutes sortes de ravages dans son organisme. Maintenant, les reins et les rétines étaient gravement atteints. Pourtant, Papy jurait n'avoir ressenti aucun malaise jusqu'à cette foutue perte de conscience. Son orgueil en avait pris un coup ; être transporté dans les bras de voisins... Papy avait soixante-cinq ans. Depuis l'âge de quinze ans, chasseur et pêcheur, il avait survécu par lui-même, à une époque où les épidémies et les disettes décimaient encore des pans entiers de la population inuite. Anne-Julie pensait pouvoir lui épargner un traitement à l'insuline. Mais les hypoglycémiants oraux ne donnèrent aucun résultat probant. Il n'y eut bientôt plus qu'une solution : les injections. Une infirmière passa de longs moments avec Papy pour lui expliquer comment s'administrer le médicament. Le chasseur vivait seul dans une maisonnette située aux limites du village. Ses enfants étaient morts, tous les deux dans des accidents, le premier alors qu'il conduisait sa motoneige beaucoup trop vite sur la rivière, soûl, en février ; il avait percuté une falaise de glace. Le second s'était perdu en mer pendant une tempête d'automne ; jamais on n'avait retrouvé son corps. La femme de Papy était décédée des suites d'une foudroyante hémorragie, quelques heures après la naissance de leur deuxième fils. Mon ami s'imaginait fort mal en train de jongler avec l'insuline. Quant à l'idée de transporter seringues et fioles dans la toundra, dans ses poches ou dans un sac au fond du *qamutiik*...

Cependant, son corps ayant repris du poil de la bête, Papy finit par accepter de jouer le jeu. Mais un soir, la veille de son départ, alors que deux injections par jour avaient finalement stabilisé son diabète, il me parla pour la première fois de suicide. Il était plus que sérieux. Même s'il était un farceur-né, il parlait rarement pour ne rien dire. Lorsque le temps serait venu, il se tuerait. Pour lui, mourir valait mieux que d'accepter une vie anémiée, diminuée, confinée à une chaise ou à un lit. Donc, si les choses dégénéraient… Papy répéta à deux reprises le mot « suicide », baissant chaque fois les yeux, choisissant de ne pas me regarder, peut-être pour éviter de voir ma réaction. Il n'avait toutefois aucun besoin de se cacher ou de se justifier. Je le comprenais. Pourtant, depuis le début, je me battais pour garder les gens en vie, souhaitant les aider à surmonter certaines des affections qui les amoindrissaient. « Guérir les autres, parfois ; les soulager, souvent ; les consoler, toujours ! » J'avais fait mienne cette maxime médicale. J'avais même contribué à empêcher certains suicidaires de passer à l'acte. Néanmoins, au fond de moi, lorsqu'il me semblait que le suicide devenait une conclusion, je devenais fataliste, je dois l'avouer, fataliste comme le sont la plupart des Inuits, de ce fatalisme qui constitue encore l'une des qualités de la société inuite. Même s'il avait toujours été de mon devoir d'aider les malades et particulièrement les suicidaires, je n'avais pu qu'admirer, parfois, l'immense courage de certains désespérés. Il m'était arrivé de penser que c'étaient les plus braves et les plus forts qui parvenaient à mettre fin à leurs jours, pour le plus grand malheur de leur communauté. Toutes ces morts me troublaient, de même que les morts dites « accidentelles », si souvent la conséquence d'états suicidaires. Si une partie de moi, influencée par certains préceptes moraux ou religieux, n'appréciait pas la mort décidée, voulue et choisie, une autre partie considérait que bien des situations, emmêlées à une vision du monde particulière, pouvaient parfois conduire quelqu'un à s'enlever la vie. Mais la Vie ! voilà ce qui comptait ! Pour l'instant, Papy manifestait le désir de continuer à vivre, et cela m'apaisait.

Papy était né dans un iglou, quelque part entre Ivujivik et Inukjuak. Assis dans son lit d'hôpital, il me fixait avec ses petits yeux noirs perçants enfouis sous de drôles de sourcils broussailleux en accent circonflexe. « Suicide »… Qu'avais-je à répondre à son aveu ? En tant qu'ami, rien, ou pas grand-chose. En tant que médecin… Peut-être un peu plus. Je ne savais trop. Le suicide a depuis toujours, et dans toute l'histoire humaine, constitué l'un des plus graves problèmes existentiels, peut-être le seul problème philosophique vraiment sérieux. Les penseurs les plus sensibles ont perçu cela.

Je ne me voyais pas en train de convaincre Papy de quelque vérité que ce soit, d'abord parce que cet Inuit me semblait avoir vécu toute sa bonne vie au sein d'une réelle vérité existentielle, implacable, certes, mais magnifique, et puis parce que je n'avais pas vraiment d'arguments solides à lui opposer. Il m'annonçait ce que j'aurais fait ou ce que j'aurais eu envie de faire moi-même en pareille circonstance. Mes convictions religieuses ne différaient pas énormément des siennes. Nous étions tous les deux croyants, et le même mot, Dieu, signifiait pour nous la valeur absolue à laquelle nous aimions nous référer, certains matins paisibles comme certaines nuits de grands vents. Papy était anglican ; j'étais catholique. Il est vrai que nous allions à l'église seulement lorsque nous en sentions le besoin, c'est-à-dire à Noël, mais aussi pour prier lorsque la vie nous y poussait. Or, pour lui comme pour moi, la trop grande faiblesse dans la relation avec la Nature signifiait la mort, puis le passage à une autre vie.

Laquelle, de quel type ? Nous n'en avions aucune idée et, d'ailleurs, n'en avions jamais parlé. Quand j'osai prononcer le mot « prière », Papy rota pour me faire rire. Il prit un morceau de *mattaq*[3] que Rose Weetaluktuk lui avait apporté la veille, en cadeau, et l'avala tout rond. Je fis de même ; ce *mattaq* goûtait le poisson qui aurait cessé de nager trois siècles plus tôt !

Mon ami quitta finalement l'hôpital. Un mois complet passa. Je le croisai à quelques reprises alors qu'il partait pour la chasse ou pour la pêche, toujours en solitaire. C'était une période au cours de laquelle je n'avais pas le temps de l'accompagner. Trop de travail, trop d'autres aventures, le jour

3. Peau et graisse du béluga.

et la nuit... Quand je l'abordais, Papy me disait que tout n'allait pas si mal, qu'il s'habituait peu à peu aux injections. Il me faisait tellement penser à mon grand-père, un grand-père qui aurait été inuit au lieu d'être saguenéen, un bon vieux aux yeux profonds qui ne cherchait qu'à emplir sa vie d'air pur, de gigues et de pétillements.

Un après-midi, à la coop du village, alors qu'il s'était procuré des cartouches et du naphte, Papy baissa son pantalon devant tout le monde et laissa tomber une énorme bouse sur le plancher. Une jeune fille, derrière sa caisse enregistreuse, ne put s'empêcher de crier. Des gamins s'esclaffèrent. Papy, en sueur, tremblotant, avait du vide dans les yeux. Les gamins, hurlant et gesticulant, lui firent subir une ronde d'enfer. Tout à coup, Papy s'effondra, en pleine face dans le caca. À son réveil, à l'urgence, alors qu'Anne-Julie lui injectait une forte dose de glucose intraveineux, Papy se mit à pleurer. Il ne se souvenait que des rires des gamins, de la foule ahurie. Il ne puait peut-être plus, mais il puait dans sa tête. L'hypoglycémie marquée fait faire des choses si bizarres...

Il ne voulut pas me dire grand-chose quand je parvins à me libérer pour lui rendre une vraie et longue visite dans sa chambre. Il ne pleurait plus. Il ne pleurerait plus, c'est tout ce qu'il osait dire. Il ne prononça pas le mot « suicide », mais l'indignité dans laquelle il avait sombré, à son dire, ce moment de profonde ineptie, il ne le digérait pas. C'était probablement lui le fautif. Il avait joué de façon maladroite avec les doses d'insuline. Pourtant, son diabète le malmenait. À l'hôpital, même sous surveillance étroite, il passa plusieurs fois de l'hyperglycémie exagérée aux pires hypoglycémies. La maladie le mordait dans l'essentiel de sa vie : sa dignité.

Papy partit de l'hôpital un vendredi soir. Son médecin était d'accord pour qu'il aille se reposer chez lui. Papy n'en pouvait plus des horaires fixes, des chemises ouvertes par-derrière et des voisins de chambre trop inquisiteurs. Ses soignants avaient toutefois insisté pour qu'il n'aille plus seul dans la toundra, pendant quelques mois du moins. Plus de chasse, plus de pêche.

J'avais été invité à souper par une amie. Nous avions passablement bu. Professeure à l'école primaire, elle me racontait son bonheur d'enseigner, son bonheur simple, malgré toutes les difficultés. Quand le téléphone sonna, je fus le premier surpris qu'elle me tende le combiné. Mais dans un village, et un village inuit par-dessus le marché, tout le monde sait tout. On m'avait déniché. On me demandait de venir à l'hôpital. Mon ami s'y trouvait. De fait, il était là depuis quelques heures. On allait même le transférer à Montréal. Une jeune femme médecin, toute fraîche arrivée du Sud et forte dans l'art d'appliquer les techniques d'urgence les plus sophistiquées, avait réanimé Papy. On l'avait découvert dans sa maison, baignant dans son sang. Un hasard. Qumaq, un narcomane que Papy avait pris sous son aile depuis quelques années, était passé le voir de façon impromptue. Quand Qumaq voulait mourir, il allait se confier à Papy. Le jeune Inuit avait alerté les policiers. Papy avait la gorge tranchée. Les cartilages avaient été touchés; la glande thyroïde, coupée en deux. Papy était passé à l'acte en se servant de son couteau à fileter. On l'avait intubé, transfusé, alité, enveloppé de couvertures. Survivant, il partait par l'avion-ambulance afin de subir au Sud une délicate intervention chirurgicale.

Papy revint au village deux semaines plus tard. Il haïssait sa vie. Il haïssait le monde entier. Tout ce qu'il me confia, c'est qu'il aurait dû mener son courage beaucoup plus loin, au cœur de la toundra, dans la parfaite solitude, là où rien ni personne n'aurait pu changer quoi que ce soit au cours de sa décision. Il n'en voulait pas à Qumaq ni à la jeune femme qui l'avait si efficacement réanimé. Pourtant, il ne les remerciait pas. Il tâtait sa plaie parfaitement guérie, presque invisible. Il se haïssait. Après avoir choisi le suicide, après des jours d'extrême angoisse vécue dans une solitude totale, tout se terminait par un lamentable échec. Mais il n'était plus question de recommencer. Papy ne pouvait tenter un suicide une seconde fois. C'était au delà de ses forces, de sa raison, de sa folie, de ses choix, de ses décisions les plus souffrantes et les plus irrationnellement soupesées. Dans les temps anciens, demandait-on par deux fois aux Inuits trop âgés ou impotents de se laisser volontairement abandonner sur la banquise pour que le reste du groupe nomade puisse poursuivre sa route en toute survivance ?

Papy n'allait plus vivre dans sa maison. Il ne voulait plus s'injecter lui-même l'insuline. On l'avait « sauvé ». Qu'on continue à le tenir « artificiellement » en vie à l'hôpital. Il allait y moisir lavé, nourri et piqué deux, trois ou quatre fois par jour.

Je passais souvent par sa chambre pour le saluer. Il ne répondait plus. Il ne me regardait même plus. Lors d'une réunion départementale, la jeune médecin qui l'avait intubé recommanda qu'on lui administre des antidépresseurs. Je n'étais pas d'accord. À mon avis, Papy n'avait besoin d'aucune pilule. Mais comme je n'étais pas son médecin, on jugea qu'il était plus éthique d'essayer ce traitement. Papy recracha tous les comprimés qu'on essaya de lui donner, violemment. Sa tête, son esprit, son cœur ne voulaient plus vivre. Il accepta toutefois de recevoir ses injections. Il ne bougeait pratiquement plus. C'est à peine s'il se levait pour aller aux toilettes. À tout moment, je le voyais regarder dehors, nuit et jour. Un après-midi, alors que je me tenais au pied de son lit, sans rien dire, j'aperçus par la fenêtre un grand loup blanc qui s'avançait vers nous. L'hôpital, bâti à la limite du village, était dégagé au nord de toute autre construction, ce qui permettait parfois aux soignants et aux malades d'assister à des scènes grandioses. Papy pointa l'index en direction du prédateur. Le loup décampa vers un cap rocheux, puis disparut comme s'il avait été un fantôme.

Quand Manon voulut me parler, un matin, alors que c'était à mon tour de m'occuper des malades hospitalisés, je sentis que c'était de Papy qu'elle voulait discuter. L'infirmière me dit que, depuis une douzaine d'heures, son patient avait de fortes poussées de fièvre. Il toussait depuis quelques jours. Il avait beaucoup maigri. Il refusait dorénavant la nourriture qu'on lui offrait. Appelé pendant la nuit, un médecin de garde avait prescrit des antibiotiques. Manon m'avouait son désaccord. À son avis, Papy allait mourir parce qu'il n'attendait que ça. Si on l'aidait, c'est-à-dire si on cessait toute forme de manœuvre thérapeutique, il parviendrait à se rendre là où il souhaitait si ardemment aller.

Papy souffrait d'une pneumonie maligne, son poumon droit étant submergé par l'action des pneumocoques. Quand je lui dis qu'il était victime d'une infection grave, qu'il était toujours possible de continuer les antibiotiques, il me regarda, si tristement qu'il m'apparut que jamais personne ne m'avait regardé avec des yeux si détachés du monde.

Manon eut une rencontre avec tout le personnel, inuit et non inuit. Une discussion avec Qumaq, essentielle à mon avis, me permit de prendre une décision : pas d'antibiotiques, pas même de liquides intraveineux, seulement des calmants si jamais le malade montrait des signes de noyade.

Et c'est ce qui arriva. Vingt-quatre heures plus tard, mon ami respirait comme un poisson qu'on a sorti de sa source. Il ne toussait même plus. Ses glycémies étaient devenues erratiques. Nous avions d'ailleurs cessé l'insuline. Manon administra une première dose de morphine ; Papy fixait l'horizon. La morphine le fit dormir pendant quelques heures. Il régnait dans l'hôpital une atmosphère malsaine ; certains trouvaient indigne ce qui se tramait. Mais la majorité des infirmières, et surtout Qumaq, acquiesçait à cette non-ingérence dans la volonté la plus intime de Papy.

Mon ami rendit l'âme à trois heures du matin, tout de suite après la quatrième injection de morphine. La septicémie avait été carabinée. C'est moi qui dus constater le décès. Papy était rigide dans son lit, ses yeux ouverts fixés au loin, bien au delà du lieu où avait disparu le loup.

Toi, mon patient

Toi, mon patient que je ne sus jamais vraiment aimer. Aimer pour aimer, aimer comme on aime avec ses tripes sans savoir pourquoi, aimer comme on aime les oies sauvages sans autre raison que leur si beau vol, aimer du fin fond de la tête sans rien à dire d'intelligent. Aimer sans rien d'autre pour nuire à cet amour qui devrait nous lier, toi le malade, l'alité, le souffrant, le quasiment mort, et moi le soignant, le docte, le connaisseur, le thaumaturge. Patient, tu le fus ! Mon ami ? Peut-être… Toi que je ne sus jamais vraiment couver comme une mère couve ses petits, que je ne sus jamais vraiment accompagner jusqu'au bout, si souvent, la plupart du temps. Et tu mourais si mal, mon patient, comme un chien, pourrait-on dire. Je te jugeais bien sévèrement. C'est que je ne savais rien de la vraie souffrance, ni de la mort. Comme un chien… Étais-je trop jeune ? Mozart, Rimbaud, Simone Weil ne s'embarrassèrent jamais de leur jeune âge. Mais ils étaient des génies, c'est vrai. Je suis si loin du génie. Mais faut-il du génie pour vraiment aimer ? Quand apprend-on quelque chose à propos du mal qui fait tomber les ongles ? Comment forge-t-on ses premières armes en tant que médecin ? Médecin. Mot dangereux. Sans le bon docteur Rieux, d'Oran en Algérie, qui croirait encore aux vertus de l'humanisme désintéressé ? Pauvre patient. Immense patient. Tu avais tant besoin de mes soins. Qu'est-ce que la maladie, sinon cet état morbide qui fait que, tout à coup, pour un temps ou pour toujours, parfois, quelqu'un a besoin d'être soigné, accompagné, dorloté, pansé, transporté, chéri, consolé ? Patient, tu le fus ! Mais moi, soignant de misère, au courant des trente-six dernières inventions biochimiques pour traiter la dépression, comme je ne sus jamais t'aimer à ta juste valeur, valeur de malade qui donne tout son sens aux bien-portants. J'étais petiot. Je le demeure. Simple pou devant le néant. Bien maigre soignant. Par contre, j'en ai connu certains qui portaient allègrement leur bonheur et savaient soutenir la tête des convulsifs, tenir la main des condamnés. Gardes-malades uniques ! Des doux, essentiellement des doux, leurs yeux posés avec candeur sur les plaies de ce monde, les pires vilenies. Un chirurgien aimant qui jouit d'extirper l'appendice éclaté dans le ventre d'un enfant de neuf ans, j'ai vu cela. Joie d'un acte empêchant que le pus se répande et tue le bonheur déjà si fragile de toute une famille. J'ai vu de vieux infirmiers, des docteurs épuisés aussi, qui sentaient la sueur aigre au petit matin après leur garde. J'ai vu des jeunes filles lumineuses de beauté à leur arrivée à l'urgence, prêtes pour le combat de leur journée. Ils aimaient. Ils t'aimaient d'avance, patient. Ils manifestaient l'envie de soigner, amoureux des individus louches comme des psychopathes. Attentifs devant les sécrétions, les gémissements, les jérémiades, les agonies au fond d'une chambrette et même devant la mort au fond d'un corridor, méditatifs devant des tumeurs obstruant les trachées, pensifs devant des parasites qui jetaient leurs malades dans des fièvres dingues, ils agissaient avec compassion, en plus d'opérer adroitement, en plus de servir de bons médicaments. Tandis que moi, je ne priais même pas. Je ne me trouvais même pas dans l'antichambre de ta douleur, patient. Je bondissais, de couloir en couloir, de fracture en fracture, de raccommodage en replâtrage. Dans l'urgence de faire quelque chose de tangible, je virevoltais, peut-être pour masquer cette si totale sensation de vide qui m'étreint toujours dans ma lutte contre l'absurdité du monde. Je m'en rends compte maintenant. Je ne traitais rien. Aborder les corps ne suffit pas. C'est l'âme qu'il aurait fallu que je traite. De l'Âme du monde, il faut se préoccuper. Il aurait fallu que je soupèse ton âme, ton âme amalgamée à la mienne, dans un même but, dans une même course contre la montre qui tictaque bien trop fort, bien trop vite, trop souvent. Course éperdue contre l'absurde apparent. Toi, patient, et moi, soignant, comme nous avons essayé de voyager sur les mêmes rails, dans le sens du vrai chemin. Ô patient ! Si souvent mal aimé, sinon laissé dans le pire : l'indifférence. Patient : une carte, un numéro, un agent de change, une banque, un ticket gagnant.

Amours perdues. Innombrables occasions d'amours perdues entre nous, perdues dans le fatras d'une guerre larvée entre des fonctionnaires débonnaires et des administrateurs dépassés, des bureaucrates tortionnaires et des cliniciens aux prises avec le blues du businessman. Tous, patients et soignants, malades et bien-portants, attendons-nous le Sauveur et la guérison technologique alors qu'il n'y a qu'un seul verdict possible : la rechute ? Imparable rechute même après la plus parfaite des opérations au laser. Parce que l'ultime moment d'importance demeure la mort, quoi qu'on pense, quoi qu'on prétende, quoi qu'on fasse. Bienvenue, la mort ! C'est ce que disent certains grands vieillards parvenus au bout de leur vie bien à eux, quand la majorité continue à crier : Au diable, la mort ! Ils le hurlent à peu près tous : Au diable, la mort maudite ! Rien de pire que de côtoyer des enfants qui pleurent. La leucémie donne un sourire triste aux petites filles. Est-ce à cause de leurs lèvres gercées ? Courageux enfants ! Tellement plus courageux que la plupart des soignants.

Ô mon patient ! Si je n'avais pas fait cette rencontre avec l'Ange, une jeune fille aveugle victime d'une grave insuffisance rénale et souffrant depuis son tout jeune âge d'un diabète impossible à maîtriser, que serait-il advenu de moi ? Paralysée, la jambe droite flageolante, cette jeune fille chantait dans sa chambre. De sa chevelure impeccable — elle arrivait à se coiffer parfaitement toute seule ! — émanait une odeur de tremble odoriférant. La maladie avait atteint tous ses organes, son corps entier était en décomposition, sauf sa chevelure qui embaumait. Je m'en confesse : j'ai aimé cette malade. Aimé comme il se doit. Sans autre raison que le cœur qui bondit du simple fait de se trouver là, au chevet de la splendeur. J'ai aimé comme un beau fou cette malade qui allait mourir dans mes bras. Elle m'a cicatrisé plusieurs plaies, elle qui m'a embrassé l'âme de son cœur palpitant, comme moi je n'ai jamais su embrasser qui que ce soit, ni voir le verre brisé qui crevait tant d'yeux, ni convenablement palper les rates fendues en deux, ni amoureusement regarder les visages tuméfiés à coups de botte. Dents cassées, nez saignants. Toi, mon patient, sais-tu à quel point j'ai été incompétent, non dans mon intelligence des choses de la maladie ou des différentes affections, mais vis-à-vis de la seule vérité qui compte : l'amour que je te devais ? Cet ange de ma vie m'en a convaincu. Se pourrait-il que, sans ces anges qui passent dans nos vies avec leur misère, leur folie, leur chaleur, leurs lubies, mais toujours avec un petit coin de sérénité au bord de la bouche, nous restions sans fin de pathétiques pantins ? La lueur sacrée ne meurt pas, même quand le cerveau rend un dernier train d'ondes aplaties, quand la pompe asystolique ne frémit plus. Ô mon patient, je t'écris cela pour me rappeler que je ne dois plus vous oublier, ni toi ni les autres Émilie, moribondes bienheureuses de ma vie !

Je reste préoccupé par la gabegie actuelle avec ses brancardiers démotivés, ses défibrillateurs flambant neufs et ses antibiotiques tellement puissants qu'il n'y a plus rien à faire pour les microbes que de se réinventer eux-mêmes, constamment et à toute vitesse, grâce à une sélection naturelle qui les rend invulnérables, bien plus que tous les autres êtres vivants réunis. Je suis troublé par le formidable vieillissement d'une certaine population qui ne souffre plus vraiment de famine ni d'épuisement physique parce qu'elle doit travailler dans le fond des mines, mais qui souffre plutôt d'une terrible et épuisante anxiété. Tant de nervosité mêlée de morosité me commande de m'arrêter.

Je t'écris. Je réfléchis un tant soit peu en ta compagnie, moi qui sais être tellement efficace quand je suis neurochirurgien, capable d'extirper une orange d'un lobe temporal sans causer la moindre épilepsie résiduelle, moi qui peux être ophtalmologiste, capable de libérer en vingt-deux minutes ton œil d'un cristallin devenu opaque. Lumière! Le tour est joué! Un petit coup de gastroscope ou de coloscope: Eurêka! Vive la médecine technoscientifique et ses indéniables qualités! Je sais donc être excellent, cher patient, toujours meilleur avec mes machines et mes instruments, mes tests et mes champs opératoires. Pourtant… J'ai compris, en me souvenant de la miraculeuse odeur des cheveux d'Émilie, que l'âme seule importe. Tout soin apporté de manière désâmée peut se transformer en anti-soin. Les plus hautes prouesses chirurgicales peuvent ne jamais contenter leur bénéficiaire, bien au contraire, sinon, comment pourrait-on expliquer tant de rébellion profonde, tant d'insatisfaction larvée de la part d'une population qui n'attend que le bon jour pour se manifester avec violence? Il n'y a aucune santé qui vaille sans le souci de l'âme, sans la constatation de la présence de l'âme, surtout quand le corps se meurt, nauséabond. Aucune vraie santé n'est permise sans le chant qui subsiste après toute opération importante. Je le crois. Voilà une profession de foi. Après cet actuel épanchement de ma part, retomberai-je dans tous mes travers, dans ma carapace de robot qui m'empêche d'avoir trop mal? Ce sera de nouveau la course, l'agitation, l'argent en prime, la boulimie du savoir sans la compréhension que le savoir désâmé constitue toujours et incontestablement un danger pour toute humanité. Tous mes défauts reprendront-ils le dessus quand j'aurai terminé ma confidence? Amère constatation, triste désillusion. Je n'étais peut-être pas fait pour m'agenouiller à ton chevet, pour pétrir des abcès à mains nues, pour poser une paume chaude sur les cœurs qui fibrillaient. N'étais-je qu'un acteur de première ligne? Je ne peux même pas implorer ton pardon, patient cynique. Car tu considères n'avoir rien à me pardonner. Va ton chemin! me cries-tu. Pars en traîneau à chiens! Traverse l'Arctique aller-retour s'il le faut, si cela peut remettre ton âme en harmonie avec celle de la galaxie d'Andromède. Pendant ce temps, moi, je chercherai ailleurs. Je ne trouverai peut-être personne pour m'entendre ou m'écouter. Il y a une telle déliquescence dans la vaste construction hospitalière de notre pays riche. Trop de pouvoirs inhospitaliers ont pris la place des simples lits et des verres d'eau propre. Il faut de toute urgence reconsidérer l'essentiel. L'essentiel ne dépendra jamais d'un écran d'ordinateur vissé sur le bureau d'une secrétaire à l'urgence. L'essentiel ne réside pas dans le faste d'un quelconque édifice. L'essentiel dépend de la dignité. Et la dignité n'accepte pas de se promener nu-fesses dans les salles d'urgence surpeuplées. L'essentiel demande que les bottes souillées des visiteurs soient laissées à la porte des hospices et des foyers. Un peu plus de gratuité pour un peu moins de nouveauté! Les vendeurs de bonbons neufs postés devant les complexes médicalisés, vêtus de chemises griffées, n'ont rien à voir avec la véritable Qualité.

Ce soir, quand on m'appellera, quand un petit garçon un peu blême aux yeux cernés sera couché sur le divan de sa mère, j'irai à son chevet, tranquillement. Je poserai mes doigts sur son ventre à la recherche d'un quelconque mal trop grave pour lui, puis je regarderai dans sa bouche. Je lui parlerai avec tendresse en lui disant qu'il est un bon garçon, le meilleur qui soit à cet instant, qu'il n'y a rien de grave en lui, un peu de fatigue de vivre, peut-être, la vie de chaque jour n'étant pas de tout repos. Il n'aura que quatre ans, cet enfant. Il me regardera avec de la joie simple dans les yeux. Puis je retournerai à ma solitude avec un peu de sa joie en moi. Je chantonnerai quelque chose que je croirai inventer. Je serai pour un petit moment renouvelé. Je repartirai pour une autre tournée. Je referai mes valises. Une autre fois, je volerai vers toi, patient cassé, patient fébrile, patient débile, patient patient, patient volubile, patient absent. Je porterai ce poids qu'on a un jour posé sur mes épaules. Je ne ploierai pas trop vite encore une fois. Je respirerai à pleins poumons la nuit après avoir intubé un bambin de trois mois qui voulait cesser à tout jamais de respirer. Je recevrai des femmes au visage tuméfié qui jureront aimer encore leur amant, leur mari, leur voisin, leur frère, leur père. Mais combien de temps l'amour peut-il durer quand on lui enfonce les dents à coups de matraque ? Je parlerai de doses de médicaments avec des infirmières-cliniciennes qui aiment par-dessus tout soigner, les autres et le monde. Est-il possible d'aimer tant soigner et avec tant d'abnégation ? Je répondrai aux questions des sages-femmes qui ont pour mandat d'aider le pays à accoucher de son avenir. Sacré pays ! Sacré métier !

Ne trouves-tu pas que les assises du temple occidental sont fortement ébranlées ces temps-ci, toi, mon patient ? Quand tout se sera écroulé, quand il n'y aura plus que des tentes avec dedans quelques Norman Bethune convaincus et désolés, quand l'air propre aura remplacé l'air vicié dans les conduites tapissées de *legionella*, on se remerciera les uns les autres.

À bientôt, patient maudit, patient béni. Parle-moi à ton tour si tu en as envie.

Palestrina ou le chant du monde

Assis devant la rivière, tout à coup, vous ne savez plus où se trouve la vérité. Plus jeune, à la petite école, tout vous semblait clair et facile, donc relativement « vrai », proche d'une certaine vérité en tout cas, peut-être parce que vous aviez la chance de vivre dans une famille où votre bulle n'avait pas encore éclaté. Vos parents, pendant un temps du moins, ont fait en sorte de vous protéger des soubresauts de la vie extérieure. Mais cela n'a pas duré ; il y a eu votre adolescence, et la leur en quelque sorte, suivie de l'inévitable affaiblissement du giron familial. Qui est-on, adolescent ? On n'en sait trop rien. On se trouve pourtant au beau milieu d'une sorte de guerre, en état de réaction, de rébellion, de révolution interne. Contre qui ? Contre quoi ? Personne ne le sait très bien. C'est ainsi. Les causes du dérangement profond qui malmène tout adolescent demeurent difficiles à préciser.

Une fois adulte, quand vous avez commencé à exercer une profession et que, de toute évidence, vous auriez pu foncer tête baissée dans ce qui vous était offert, peut-être dans l'espoir de vous reposer un jour et de dépenser vos épargnes si durement engrangées, vous avez fortement réagi, vous vous êtes retiré, loin du monde, peut-être parce que vous n'aviez pas pu ou pas su vous adapter à l'univers social qui vous entourait.

Assis devant la rivière, vous n'entrevoyez les lumières d'aucune vérité humaine. Vous pressentez toutefois l'existence de la Vérité, vous la ressentez, elle est là, quelque part, autour de vous et en vous. Loin de la forêt, de la toundra ou de la mer, dès que les structures humaines se font trop évidentes, vous en perdez la trace, cessant même d'avoir l'impression que la recherche d'une quelconque vérité en vaut la peine. Au sein du grand métissage humain, les arbres vous semblent de moins en moins avoir leur mot à dire, les animaux cessent d'être des animaux pour devenir des choses, des biens de consommation, ou, tout au contraire, ils sont traités aux petits oignons, certains maîtres n'hésitant pas à inviter leur animal domestique à souper dans les restaurants les plus chic de certaines grandes cités occidentales. Dès que la Culture prend le pas sur la Nature, vous vous sentez retomber dans une espèce de zone molle, gluante et informe. Tout doit alors être réimaginé. Dans le combat pour la survie, entre l'animalité et un autre « moi » plus civilisé, vous vous sentez écartelé.

L'euphorie de vivre, vous la retrouvez chaque fois que vous affrontez le réel en gardant le pouvoir de ne pas en être le simple jouet, chaque fois que vous conservez une certaine maîtrise de vos choix, de vos connaissances, de vos forces et de vos faiblesses, chaque fois que vous déterminez, par exemple, quelle force vous emportera dans votre canot sur les eaux froides de septembre. Il est de toute première importance de bien connaître les rapides. Le courant fait en sorte que vous ne pourrez regagner votre point de départ en suivant la voie de l'eau. Comment vos bras, vos épaules et vos cuisses réagiront-ils ? Serez-vous encore capable de portager, de donner le bon coup de hanche pour catapulter le canot au-dessus de votre tête ? Sur combien de centaines de mètres pourrez-vous tolérer pareil joug ? L'euphorie de vivre est intimement associée à la sensation d'harmonie.

Est-ce la joie des outardes qui vous rend si heureux quand vous les entendez arriver, certains matins de printemps ? Qu'est-ce qui se passe quand vous apercevez les premiers grands oiseaux et que votre cœur cogne comme si vous étiez amoureux, alors qu'un voilier, au-dessus de la montagne, reforme son V majestueux. Est-ce l'outarde de tête qui est fatiguée et qui demande un remplaçant ? V protecteur des trop grandes turbulences. V d'invention des plus impressionnants oiseaux voyageurs.

D'où vient la joie? Certains jours, grâce au passage d'une seule bande d'outardes folles de cris et de battements d'ailes, la joie peut devenir aussi intense que celle qu'on ressent lorsqu'on voit naître un enfant. Joie qui donne envie de chanter. Joie de prendre son fils nouveau-né dans ses bras, alors que le *vernix caseosa* lui colle encore à la peau, alors que ses paupières sont encore fermées, mais que ses lèvres ont envie de boire le monde et d'en jouir. Le cordon n'a pas encore été coupé que l'enfant agit et demande et remplit son entourage et le cœur de ses parents d'un bonheur jusque-là inconnu. Le nouveau-né fait des clins d'œil et des sourires. Un fils vient au monde. On s'agenouillerait dans une tourbière rien que pour remercier la terre et le ciel de ce cadeau. Présence d'une vie à laquelle on a contribué alors qu'on assistait, en tant qu'homme, à sa manière mais avec tout son amour, la femme qui donnait la vie. Bonheur de la prise de conscience liée à la recréation du monde. Bonheur de sentir sa propre vie prendre son envol. Admirer un vol d'outardes, c'est prendre conscience de bien d'autres forces que la sienne, comme celle du bonheur qui plane tout en protégeant les âmes des vents mauvais.

C'est en cherchant la vérité qu'on peut garder contact avec la sensation d'harmonie, chaque chose et chaque être trouvant sa place dans un meilleur des mondes possible, même si la mort doit survenir dans la seconde qui suit. Mais accepter la quête de la vérité, c'est accepter de jongler avec l'inconnu, avec l'irréparable, avec la mort. L'énorme silence du cosmos est pénible à supporter. Une des façons de se rassurer devant l'infini, c'est de réfléchir. « Éclairez le ciel avec une lampe de poche; le train d'ondes que vous émettez va se propager indéfiniment. Si vous avez éclairé dans la bonne direction, dans deux millions d'années, il parviendra à la galaxie d'Andromède », dit Hubert Reeves. Les astronomes, depuis toujours, ont travaillé pour se rassurer et, par le fait même, ils ont rassuré bien des gens. Jongler en toute rationalité avec le concept d'infini réconforte. Irrationnellement, on frissonne en éprouvant la sensation de l'infini cosmique. Il est tout à fait naturel de chercher des balises. De la même façon, il y a de quoi prendre peur devant la masse des éléments langagiers exprimant le monde et ses infinis. Or, tout à coup, en lisant et en écrivant, on se sent mieux. On a l'intuition de la transcendante vérité du monde. L'harmonie naît, malgré le chaos, malgré les forces apparentes du seul Hasard.

Qu'est-ce qui permet d'apprécier à ce point l'existence du ciel, certains soirs bénis, quand le temps est à son plus beau ? L'harmonie. L'harmonie est un rose orangé mêlé à du bleu tendre posé sur l'horizon. L'harmonie est une eau de lac, alors que le moindre œil de truitelle, la moindre nageoire d'achigan, le plus fin rostre de touladi viennent à la surface, alors que les poissons ont envie de moucherons ou d'éphémères. L'harmonie est un lever de soleil qui permet de prendre conscience de la beauté du monde, malgré le fait que le blizzard n'est jamais loin, surtout dans le Nord de toutes les frénésies.

Vous rêvez d'une mort qui vous laisserait en état de grâce parce que vous auriez touché à l'harmonie d'un soir. Tout jeune, il vous arrivait d'être tellement heureux que vous vous disiez que c'était à ce moment-là qu'il fallait trouver la mort, pas trois secondes ou trois ans plus tard, comme si vous aviez été placé au cœur d'un paradoxe à la fois terrible et euphorisant qui, pour une fois, se résolvait.

L'idée de la mort est mille fois plus terrible que l'inévitable mort elle-même. La nature profonde des humains les fait sans cesse jongler avec l'idée de la mort, d'où ce problème philosophique premier, seul véritable problème peut-être, comme le suggère Camus dans *Le mythe de Sisyphe*: le suicide. Car le suicide emmêle la liberté et la mort. Certains comportements peuvent paraître suicidaires et le sont. Il n'y a qu'à imaginer l'enivrement de l'alpiniste lorsqu'il atteint le sommet visé depuis des années. Mais, tout à coup, il se trouve prisonnier d'une tempête qui l'empêche de redescendre. Il fait – 40 °C. Le sommet deviendra son cercueil.

Au cœur de l'éblouissement, d'une certaine façon, aucune mort n'est plus souhaitable.

Vous rêvez de ce genre de mort en prenant conscience de votre respiration et des odeurs de bois vert, de feuilles et d'écorce autour de votre cabane, alors que vous marchez dans un chemin où les branches d'orme et d'érable forment un véritable toit, alors que les sentiers couverts, même ceux des mammifères et des insectes, sont des allées de cathédrale, alors qu'un colibri à gorge rubis passe en ayant l'air de signifier que c'est sur son propre territoire que vous vous êtes installé. C'est en pleine nature que vous méditez le mieux, lorsque vous avez la chance d'attraper une belle grosse truite rouge et que, par la suite, vous la dégustez avec les vôtres, ou, plus simplement encore, lorsque vous plongez votre pagaie dans l'eau claire d'une rivière. Là, vous respirez bien, le cœur plus ouvert et plus calme. Là, vous prenez plaisir à entendre le cri du busard des marais qui plane devant un escarpement rocheux ou aux abords d'une clairière.

Vous êtes heureux lorsque vous marchez sur des sols où poussent bouleaux gris, saules et merisiers, lorsque vous fendez du bois sec, lorsque vous construisez quelque chose avec vos mains, lorsque vous sentez vos muscles travailler en accord avec votre nature. Vous baigner dans un lac perdu après avoir portagé votre canot vous donne du bonheur. Vous aimez contempler les formes délicates d'un iris sauvage. Dans le détour d'un sentier, vous identifiez le fruit bleu de la clintonie boréale, content de connaître le nom de cette plante, pourtant loin d'être rare, qui pousse souvent aux côtés de la salsepareille et du maïanthème, et vous êtes heureux.

La lumière d'automne fait battre plus fort le cœur de tout promeneur et ajoute un sens à sa condition d'être lumineux. C'est comme une musique de Palestrina. Vous êtes ému par l'amour qui jaillit des harmoniques trouvés par ce compositeur du XVIe siècle. Curieux comme l'amour apparaît dans sa plus tendre splendeur grâce à la musique, grâce à la poésie aussi. La parole poétique servirait-elle de lien entre la vie prosaïque et la spiritualité désincarnée, haut lieu où le corps cesse d'être le miroir de l'âme? « La foi, c'est l'expérience que l'intelligence est éclairée par l'amour. Seulement l'intelligence doit reconnaître par les moyens qui lui sont propres, c'est-à-dire la constatation et la démonstration, la prééminence de l'amour. [...] Quand on écoute du Bach ou une mélodie grégorienne, toutes les facultés de l'âme se tendent et se taisent, pour appréhender cette chose parfaitement belle, chacune à sa façon. L'intelligence entre autres: elle n'y trouve rien à affirmer et à nier, mais elle s'en nourrit », écrit Simone Weil dans *La pesanteur et la grâce.*

Les poètes, dans leur quête toujours inachevée, ont cette intuition que les livres et la parole qu'ils contiennent ne sont que des enveloppes matérielles. Les mots se perdent avec le vent. Au bout de la vie, ce n'est que la tendresse vécue qui garde son importance, dans le silence et la tendresse des amours assumées.

La parole, les milliards de mots, la musique et les milliards de sons ne servent peut-être à rien d'autre qu'à révéler une part de l'Âme du monde dont les humains font partie, qui est en eux et les englobe en même temps. Parfois, il arrive que se réalise la communion des âmes. Tout à coup, c'est l'harmonic. Lcs passions se taisent. L'envie d'être autre chose qu'un simple élan du cœur s'apaise. Lors de ces instants de grâce, on profite de l'ineffable affection des êtres capables de donner. À ce point culminant de la vie, quelle joie de jongler avec l'inutile du monde! Quelle joie de sentir qu'on participe à un mystère quasiment impossible à nommer, ce mystère étant tout entier contenu dans le silence de l'Âme du monde!

L'Âme du monde

La rivière coule de votre cabane jusqu'à la plaine et rejoint une autre rivière qui passe devant le village, là-bas, quarante kilomètres plus à l'ouest. Il fait chaud. Vous avez rapetissé à coups de cisailles un bosquet de framboisiers et de petits érables trop vivaces qui vous obstruaient la vue des boulders magiques de la rivière. Vous trouvez « magiques » ces grosses pierres arrondies par l'érosion des glaces et de l'eau parce que, chaque fois que vous les admirez, il vous arrive quelque chose d'heureux. Un soir, alors que vous canotiez, vous avez vu chatoyer les taches ocre de la mousse recouvrant un boulder à demi immergé ; au même instant, une truite mouchetée a mordu à la ligne.

Il vous prend parfois l'envie de vous changer en aiguille d'épinette. De votre chute, après quelques saisons douces ou violentes, de votre mutation en humus, en atomes d'azote et de carbone, naîtrait une autre plante, puis une autre, puis une autre encore. Parfois, vous ne souhaitez qu'une chose : devenir l'eau que vous avez bue, la framboise que vous avez goûtée, rien de plus, rien de moins. Vous songez alors à l'immortalité.

Aujourd'hui, votre amie est venue chez vous. Pendant plus de deux heures, elle a conduit sa petite auto. La chaleur, les coups de klaxon des autres, la folie transmise par les ondes d'une radio qu'elle n'écoutait même plus, la vitesse des véhicules sur les boulevards de la ville qu'elle a quittée l'ont rendue nerveuse. Une fois dans le bois, il lui a fallu un bon moment pour se calmer. Quand elle a caressé un rameau de résineux et qu'elle a dit, comme ça, qu'elle rêvait de se transformer en aiguille d'épinette, vous l'avez trouvée belle, vraiment belle, peut-être pour la première fois. Tout ce dont elle avait discuté auparavant, au sujet des réparations de son auto et du stress que lui causait son boulot, vous avait laissé perplexe. Vous n'aviez pas envie, à ce moment précis, qu'elle vous rappelle certains des moments difficiles de votre passé.

Vous aviez une autre amie qui lui ressemblait. Elle avait abandonné sa vie banlieusarde parce qu'il lui était devenu trop difficile de tolérer le bruit autour d'elle. Elle avait sauvé son existence en mourant à sa vie passée. Cette amie avait cependant beaucoup souffert de son choix. Elle avait des reflets bleus dans les cheveux, comme des traces de campanules. Quand elle s'est sentie mourir – elle ne pouvait plus monter deux marches sans être horriblement essoufflée —, elle vous a confié qu'elle se battrait pour survivre. Elle a combattu l'inacceptable. Elle a aimé son combat. C'est dans cet amour du combat qu'elle a trouvé suffisamment de compassion pour aimer ceux et celles qui venaient pleurer sur son lit d'hôpital. Si elle avait laissé poindre la moindre trace d'amertume, elle aurait failli à sa tâche. L'immortalité l'aurait-elle abandonnée ?

Votre cabane est un havre. C'est là que vous touchez à des accents, à des sons, à des morceaux de ce qui compose l'Âme du monde. Vous adorez marcher le long de la rivière dont le cours et le débit sont si changeants. Le long de cette vie qui coule près de vous, vous pouvez être vous-même. Mais le sentiment d'être là est fugace. Cent mouches noires viennent vous harceler. Savent-elles le mal qu'elles vous font ? Une simple claque, et elles se transformeraient en point noir. Vous décidez néanmoins de les endurer, par patience exacerbée, pour un moment du moins. Ce qui vous préoccupe, c'est la notion d'âme.

L'âme unit le corps et tous ses organes — les jambes comme les poumons qui oxygènent ces mêmes jambes, quand on escalade une montagne, par exemple — à l'esprit capable de penser, de réfléchir, mais aussi d'« intuitionner » et de « déraisonner » le monde, parce que ce monde-là n'est pas uniquement le reflet de la raison. Le monde signe la beauté régnant dans les parties les plus irrationnelles des êtres. Pour William Blake, mystique anglais du XVIIIe siècle, le corps est une manifestation de l'âme, tout comme l'esprit. Avant tout, c'est l'âme qui importe. Le sentiment d'harmonie apparaît quand il y a intégration de l'âme personnelle à l'Âme du monde et que l'être vibre avec elle et en elle, et cela malgré les souffrances, malgré le gel des doigts, malgré la folie.

C'est en forêt que vous arrivez à croire en l'existence de l'Âme du monde et, par le fait même, en votre âme personnelle. Hors du bois, lorsque vous devez à nouveau déambuler sur des trottoirs de ciment, vous doutez parfois de la validité même de votre existence, comme de la validité de toutes les existences humaines, innombrables vies agitées, mais peut-être agitées sans aucun sens. Et si ces millions de jambes tenant des millions de corps, et si ces millions de regards ne faisaient partie que d'une excitation sans finalité ? Quel courage, tout de même, pour admettre que la transcendance n'est peut-être qu'une idée parmi d'autres, seulement une idée.

En forêt, vous êtes capable de faire le fou ; vous giguez, vous vous baignez. Vous criez de joie. Là, vous chantez pour vous-même et pour les autres, en accord avec les volutes de fumée des feux de camp, en accord avec les remous de la rivière qui coule en vous, avec vous et pour vous. Vous passez le plus clair de votre temps dans une cabane sans eau courante ni électricité. Vous vivez là pour mieux vous approprier le monde, pour vous y insérer avec plus d'harmonie. De toutes vos forces, vous voulez croire à l'harmonie du monde. Lorsque vous descendez dans le sentier menant à la rivière, le simple passage d'un martin-pêcheur vous fait sourire. Alors, l'air tout entier vibre. Le simple fait de marcher prend un sens si énorme que vous ne marchez plus, vous lévitez. Vous sautez à l'eau. Le simple fait de nager rend libre. Vos rêveries ont de tout temps été faramineuses, exubérantes, impossibles à réaliser toutes. Vous avez cependant eu la chance de pouvoir vivre plusieurs expéditions, dont une qui a duré plusieurs mois dans le Moyen Nord jusqu'au pays cri de Chisasibi, puis dans le Grand Nord et le Nunavik, dans la toundra, désert vivant plus vaste et plus flamboyant que tout ce que vous aviez pu contempler auparavant. Un moment a été particulièrement rude : la traversée des terres entre la baie d'Hudson et la baie d'Ungava. Vous étiez accompagné par un ami mécanicien. Deux Inuits vous guidaient. Il faisait froid, très froid, toujours autour de – 40 °C. Vous ne disposiez d'aucun moyen technique particulier, pas de GPS ; vous n'aviez que les sens aiguisés des Inuits pour vous mener à bon port. Ils se sont pourtant égarés, vous faisant faire un long détour. La deuxième journée du voyage, au nord du lac Payne, en grand risque de tomber des falaises ou dans des crevasses plongeant entre des tourelles de bouscueils plus hauts que trois maisons, vous avez touché à l'extrême de vous-même. Vous avez joui de cette situation. Longtemps, vous en aviez même rêvé. Jamais vous n'avez à ce point perçu l'existence de votre âme. Vous étiez prêt à tout, même à mourir, parce que votre âme, elle était là, au-dessus de vous et en vous, au-dessus de votre tête comme au cœur de vos pensées.

Votre âme était si présente entre vos mains, sous vos cils et au fond de vos yeux, que cela vous a rendu euphorique. Pas bêtement euphorique, non ! Tout à coup, vous vous êtes senti au sommet de votre vie parce que votre propre mort devenait pleine de sens. Au bout du monde et des autres, face à vous-même et en totale possession de vos moyens spirituels, vous saviez que vous n'alliez peut-être pas franchir l'étape de la nuit arctique. Il vous a fallu évaluer votre vie, passée, présente et à venir, et, au même moment, vous avez jubilé à l'idée de cette mort qui vous pendait au bout du nez. Vous ne vouliez pas mourir, surtout pas, et pourtant, vous acceptiez la mort avec plus que de la simple résignation. Vous acceptiez de vivre votre mort avec calme. Au sein de l'Âme du monde, auprès des animaux, des loups et des caribous, des renards et des grands corbeaux, vous faisiez partie d'une vie qui vous dépassait, mais que vous saviez dépasser en même temps. L'ordinaire du moindre geste, le fait de changer une bougie de motoneige ou de lacer votre botte, devenait extraordinaire. Conscient de tout le sens dont vous étiez porteur, vous avez senti s'annihiler votre angoisse du néant, à l'instant où votre âme, votre corps et votre esprit se fondaient à l'Esprit. Cet Esprit, c'est Dieu, ou le Tao, ou le plus grand Sens à la vie, la vôtre, celle de vos dérives, de vos joies, de vos souffrances et de vos amours.

Un soir de février, il y a quelques années, vous vous sentiez fatigué, extrêmement fatigué, au bord de la rupture d'équilibre. Vous avez trouvé quelques forces restantes, vous avez farté vos skis et vous êtes sorti. À l'abri du vent, il faisait – 35 °C. Le froid mordait. Dix minutes plus tôt, vous étiez enfoncé dans le vieux divan de la cabane, votre corps touché dans ses cellules les plus secrètes par une de ces maladies d'hiver qui frappent, insidieusement.

Vous avez sauté sur la rivière gelée, dans une neige encore vierge de traces. Vos joues faisaient mal, fouettées par le nordet. Vous avez relevé le capuchon de votre parka. Les muscles de vos cuisses et de vos jambes ont accepté de travailler. Vous avez glissé, silencieusement, dans la clarté de la nuit, envoûté. Dans la neige dure, vous plantiez vos bâtons l'un après l'autre. Vous avez respiré à fond. Une douce chaleur pénétrait peu à peu vos épaules et votre dos. Vous glissiez allègrement. Vous avez relevé la tête. Dans le ciel gris-noir de la nuit où votre corps reprenait vie, un extraordinaire halo est apparu, comme une espèce de soleil flou autour de la lune, plus vaste que le quart du firmament. Soudain, tout à fait débarrassé des microbes qui vous tabassaient quelques instants auparavant, l'envie vous a pris de danser.

Vous avez pensé aux aspects scientifiques des apparitions dans le ciel, aux milliards de cristaux de glace flottant dans l'air. Happé, vous avez été happé par la beauté lunaire. Rabattant sur vos épaules le capuchon du parka afin d'admirer encore plus de ciel, vous vous êtes dit : « Pourquoi ce ne serait pas moi, ce soir, qui découvrirait une supernova ? » Les astres ont le don d'apparaître aux rêveurs. L'envie vous a pris d'abandonner vos skis et de gambader dans la neige, pareil à un enfant. Les vents de côté ont beau glacer les oreilles, quelle joie de sentir l'engelure qui ne gèle rien d'autre que le banal de l'existence.

Dans la forêt, tout fondeur aime l'air qui lui coule dans la gorge. Il fonce, il sue, son cœur bat plus fort. De longues traînées sont laissées dans la poudreuse immaculée qui fait comme la toute première neige du monde, aimée pour la toute première fois. Neige des plus essentiels commencements. Le fondeur devient alors résineux et morceau de ski, flocon de neige et particule de lumière. Le fondeur chante. Ne vaudrait-il pas mieux garder le silence entre les épinettes qui tendent leurs mains ? Non. Il faut chanter. Fondeur-épinette, fondeur-flocon, fondeur-aventurier : chante ! Par-delà les aléas d'un corps qui tire et pousse et tremble et bat, l'esprit est nécessaire pour saisir l'Âme du monde dressée dans la taïga. Le froid devient chaleur pour quiconque n'en a pas peur.

La Poésie et l'Amour n'ont probablement pas besoin des humains pour exister. La Poésie et l'Amour forment le noyau de l'Âme du monde, tout comme vos atomes, vos molécules, vos cellules, votre support matériel, votre conscience, votre mémoire, votre tête, votre esprit. Votre âme fait partie de l'Âme du monde. Pourtant, cette Âme ne peut se manifester que si vous y croyez avec suffisamment de force. Votre intelligence raisonnable, elle, sait très bien qu'il est inepte de croire en l'Âme du monde ou en l'âme humaine. Or, la poésie, le poétique, en vous et autour de vous, vous rappellent, certains petits matins, ou certains après-midi de grands bonheurs, ou certains soirs magiques, que l'Âme du monde est beaucoup plus qu'une simple création de la pensée, une idée ou un concept.

Dans la forêt, vous traversez un nuage de mouches noires avec votre canot sur les épaules. Vous pensez à ce fardeau, à la douleur que vous inflige cette masse. Tout à coup, vous appréciez même les dards des mouches à cheval fichés dans votre dos. Vous aimez l'essoufflement qui vous gagne. Votre canot : symbole de l'adolescence, renversé au-dessus de vous. Arrivé sur l'autre versant de la montagne, vous vous libérez du joug. Survivant, vous arrachez votre chemise et vous vous jetez à l'eau.

Avez-vous la foi ? Oui, quand vous vous intégrez à une Nature emportée qui vous laisse toute la place pour rêver, dans les forêts d'automne en particulier, entre les hêtres jaunes et les érables rouges, ou dans la toundra, au cœur de l'immense désert vivant. Alors, Dieu se manifeste. Vous l'entendez, sans rien entendre, vous le sentez, dans le silence. Dieu se trouve en vous, entre vos oreilles comme au plus intime de votre ventre.

Autrement, vous ne croyez en rien. Vous êtes alors fils de ce siècle. Vous dormez mal. Vous vous tournez dans votre lit, en attente d'une espèce de mort-néant salvatrice. Vous perdez le fil. Il vous reste à ne pas souffrir, à ne pas avoir la grippe, à ne pas vous coincer les doigts dans une porte. Votre existence suit son cours, mais dans l'insignifiance. N'ayant la foi ni dans un passé qui vous échappe ni dans un avenir qui vous dépasse, vous n'êtes qu'en attente, voyageur handicapé dans une espèce de vaste centre commercial anonyme.

Sans la foi, vous n'avez plus de raisons de vivre. Sans l'arrière-pensée d'un Dieu-linaigrette qui pousse et vibre et se tord, et gèle, et se réchauffe avec vous et en vous, vous voilà cent mille fois moins vivant qu'une roche. Conflit de la foi qui repose sur le doute le plus effrayant. Effroi du croyant qui sait ne croire en rien la plupart du temps. Conquête de l'âme abandonnée qui flotte, telle une feuille de bouleau nain, sur un grand fleuve nordique, et qui, certains jours extatiques, découvre la beauté de l'étoile filante et la majesté de l'aurore boréale. Votre foi est votre âme ; vos doutes, sans cesse, la forment et la déforment.

Un ami

À Jean-Benoît

Un ami dans la toundra donne la main
Une main de peau une main d'acier
Une main de passion fière qui tremble
Ouverte dans le silence
Alors que le vide croît sans délivrance

Dans le règne de l'absolue vérité
L'ami se lie pour l'éternité
La glace a beau se rompre
La mer enfler le ciel s'abattre la terre gronder
L'ami offre sa main de magnificence
Plus puissante que mille fleuves
Cordage d'humilité filé entre les doigts

Que viennent les blizzards les plus sombres
Les froids lcs plus toniques d'outre-tombe
Les climats les plus chamboulés
Dans la tourbière qui geint
Deux étoiles éclatent parfois dans l'éther
Pour fusionner

Au nord la terre

Au nord la terre n'est plus la terre
Une offrande labourée en croûtes fiévreuses
Terre de sueur et de soc de charrue

Au nord la terre ne quitte jamais sa violence
Elle est gel apeuré folie froide créée
Dans une matière durcie sur Aldébaran

Au nord la neige voyage en brins d'esprit
Poudraillée des grands déserts
Jusqu'aux champs démembrés de la toundra

Là-haut éclate l'incandescence des corps
Répandue en mille milliards d'étoiles
Épanchée sur nos morts inassouvies

Là-haut toute lumière éblouit
Nous touchons aux neiges suprêmes
À l'extrême sang glacier

Au nord la terre n'est plus la terre
Immatérielle neige d'un Être debout
Enfin libre

Vivre

Vivre
Vivre ne suffit pas
Il faut la glace acérée
Des pics plantés dans les avant-bras
Les doigts noircis les ongles tombés
Dans la main des gelures pelées
Profondes jusqu'à la ligne du destin
Il faut les pieds enfouis dans les jambes
Les jambes asséchées par le froid

Vivre ne suffit pas
Il faut la folie de la course effrénée
La randonnée qui jamais ne s'achève
Un autre lac un autre versant
Un autre sommet une autre joie
Le ventre blanc sans pulsation
Le cœur en contact avec le front
Malgré le brouillard des yeux gelés
Abandonnés sur un tertre d'ocre
Au milieu de nulle part

Non ! vivre ne suffit pas
Il faut les épaules les deux arrachées
La poitrine lacérée
Une plaie ouverte comme la mer qui ne saigne pas
L'effroi sombre enterré dans la crevasse
Là où palpite l'âme
Dans la toundra

Vivre ne suffit pas

Il faut le poème
Ce silence de la pierre duveteuse
Sucre dans le monde du Nord
Pépiement d'oiseau nu
Sur la croûte nivale qui fond
Percée d'infini sur une mer de granit
Scintillement de la prière
À la frontière de l'arbustif
Danse tribale et pérenne
Félicité ultime

Il faut l'oiseau dont le cœur bat
Comme un plain-chant
Du fond du ventre
Jusqu'à l'esprit vagabond
Fiévreuse destinée de l'âme
Sans désir autre que le vol
Le plus haut vol
La voltige sans ailes
Sans chute ni Soleil
Vol plané au beau mitan du néant

Soleil nucléaire

Soleil nucléaire des plus grands gels de l'espace, extase dans la morsure, coup de fouet en pleine face. Le cœur sait pourquoi il cogne quand il fait froid. C'est l'Apocalypse sous le parka, la main qui craque, le nez qui tombe. Mais dans la tête de sang chaud, dans l'œil qui pleure pour ne pas geler, on entend un chant, un chant de Nord si cinglant, un chant de soleil toujours couché à l'horizon des rêves. Ce n'est pas l'enfer. Ce n'est pas la destruction, ici même, si loin du bout du monde, tout contre moi, au centre de la vie qui bat, palpite et monte deux secondes avant la mort.

Le nordiste

Le nordiste court le pays, pays de souffle, d'air et d'âme. Le Nord appartient à celui qui l'habite, à celui qui marche, vit et meurt sur les pierres. La notion de permanence n'existe que dans l'esprit, pas dans la matière. Le nordiste accepte de dormir au village en attendant la prochaine voyagerie, le départ pour le camp de pêche, le lac où se posent des cygnes, la baie protégée où se réfugient des bélugas. C'est violemment que le nordiste lance son canot sur la rivière, le kayak sur la mer. Manger du *mattaq*, c'est l'acte de jouissance immémorial. Pour le nordiste, le village n'est qu'un lieu de refuge, pas de liberté. Le pays, c'est là où l'on peut survivre, là où les territoires de trappe n'ont pas été spoliés par les grandes compagnies d'Orient ou d'Occident. Dans le Nord, le gibier appartient à celui qui le chasse, le trappe et l'éviscère. Le nordiste partage facilement la fesse de caribou ou la peau de baleine blanche avec le passant, sinon l'inconnu. Il n'est heureux que dans un pays ouvert. Il ne faut pas se surprendre que le premier capitaliste qui passe puisse le voler si facilement. En situation de conflit, le nordiste choisit la migration. Respirer fait partie des priorités nordiques.

Le lagopède

Vous est-il déjà arrivé de n'être qu'un oiseau, de sentir que tout explose dans votre gorge jusqu'à faire trembler vos lèvres ? Vous voudriez parler, mais vous ne pouvez pas à cause de la joie qui vous prend à la voix. Vous est-il déjà arrivé de sentir vos os légers comme ceux d'un lagopède qui saute de plaque en plaque sur le glaciel en faisant des bruits de grelot ? Le bonheur est accroché à votre cou. Vous vous retrouvez libéré par la grâce du cœur d'où se répand l'amour, extrêmement l'amour.

Extrêmement

Le givre sur les pierres prenait les éclats de mon âme qui voulait valser dans les aurores bien au delà de moi quand je vivais ces jours-là, extrêmement. Et moi, et moi, si plein de cieux bleus, si petit et si grand, moi-même changé en lac, si vaste et si creux, je buvais tous les jours le cristal des rivières et l'eau des ruisseaux. Je m'abreuvais à la source, je plongeais, je nageais, j'étais bien eau de glace, eau lustrale jamais tarie, eau forte de mes ivresses quand je vivais ces jours-là extrêmement. C'était bon d'être Dieu, mais un petit dieu sans rien à voir avec le grand infiniment. Je le sentais, moi le rien, je l'inventais dans mon ventre, et mes jambes grandissaient pour sauter les montagnes, moi et ma tête allégée pour respirer les Torngat, moi et mon torse de Kilimandjaro, moi et mon dos d'Annapurna, moi et rien d'autre que la jouissance de vivre, vivre, extrêmement. J'étais tout allégresse, mon cœur volait comme une perdrix. L'air goûtait le chocolat quand je traquais les loups-cerviers. J'aimais folâtrer avec les épinettes, amoureux de la galaxie.

Et les tympans exacerbés par les fous rires de l'enfance, que de rencontres, que de rencontres, quand nous vivions, extrêmement, les autres d'ailleurs et de ma planète, et moi, tous avec dix doigts, des écorchures et des plaies vives, la chair gonflée d'engelures, mais le mal humain transfiguré en grand bonheur de se voir vivre, vivre, extrêmement.

Le poème-toundra

Le poème-toundra contient la chanson la plus douce et la plus puissante, la plus évocatrice et la plus blanche qui soit, celle qui naît du plus profond de l'Être comme elle émerge, parfois, de la gorge d'un Saint-Denys Garneau ou d'un Rimbaud. La toundra est un poème pour celui qui accepte de s'y dissoudre jusqu'au point de non-retour. Dangers du poème-toundra qui capte dans ses rets pour immédiatement l'écraser, le premier doigt malvenu. Le poème-toundra ne pardonne aucune faiblesse.

Tuktu

Par la chair martyrisée, par la poitrine fumante du caribou ce soir abattu. Dans la profonde connivence de tous les vivants rassemblés. Par le corps transpercé que nous dépeçons, par les sabots, les globes oculaires et le foie : *Mamartuq!* Ah ! le sang de ton mufle. *Mamartuq!* Ah ! ta panse pleine de fruits. L'Homme est une affaire, une aile perdue dans l'abîme. Il a besoin de canines, il adore emplir son ventre de tendons. Merci, *tuktu*, pour ton souffle, pour les muscles de ton dos, la force de ta moelle. Merci de tes os que nous grugeons dans le vent qui nous lie au sacré-cœur du monde.

Le chasseur

Il court, il court, le caribou. Il galope comme je sais le faire, armé de ma sagaie d'hiver. Cette bête, je l'abats, bienheureuse et tendre. Elle ne savait pas son destin. Elle trépigne et en meurt. Ce soir et demain, elle me permet de ne pas mourir. Sans intermédiaires, rien qu'entre coureurs de froid, sans industrie ni marchands, rien qu'avec un *ulu* dans la main, je bénis cette bile et le cœur chaud tout palpitant.

Que tremble le ciel et grondent les lichens. Je ne demande pardon ni aux armées, ni aux bien-pensants, ni aux espèces menacées. Aucun pardon sans le sens ultime à ma vie d'oisillon, futile sans le combat, futile dans la course, futile sans les grands ours qui courent sur mes pas et ceux des caribous. Je bondis de glace en glace. On mangera mes restes et ma langue et mes viscères. Je serai dévoré par la bête issue de moi, moi qui ai l'âme d'un Inuk, et l'Inuk étant l'Homme, l'Homme est en moi.

Quand les outardes passent

Si quelqu'un était avec moi quand les outardes passent au-dessus de mon toit, nous serions deux à jouir de leurs « Nirliq » « Nirliq » « Nirliq » de bernaches qui n'arrivent jamais aussi vite qu'elles le voudraient dans la toundra où tout sent le thé. Outardes de mon gosier sauvage ! Outardes de ma destinée ! Je lève la tête et vous êtes là, soixante-quinze claironnantes, la fiente visible tant vous volez bas, le cou tendu vers ailleurs. Ah, mes amies, mes sœurs, mes sympathiques ! Je vis pour vos froissements d'ailes, pour vos courages qui m'emplissent certains matins heureux quand j'ai le vertige de vous admirer. Pars ! me criez-vous. Nomadise ! Nomadise !

Au Nord

L'Âme du monde, au Nord, je ne cesse de la percevoir, de la palper quasi physiquement, dans chacun de mes gestes, dans chaque volute de buée, dans la trace de l'*umimmak*[1], dans le grognement des loups blancs dévorant la viande d'un caribou frais tué. L'Âme du monde est si vive, si présente sous mes cils givrés, surtout quand je me trouve au sommet de ma vie parce que ma mort devient sensée, ici et maintenant, au bout du monde et des autres, face à soi-même en imminent danger de basculer dans la mer, entre des bouscueils plus hauts que trois maisons. Au Nord, à chaque instant, j'évalue ma vie passée, présente et à venir, et je jubile à l'idée de cette mort possible qui me pend au bout du nez, cette mort que je ne souhaite pas, mais que j'accepte comme j'accepte de participer à l'Âme du monde et des loups et des caribous tués pour nourrir les loups et moi-même et les renards et les grands corbeaux. L'ordinaire du moindre craquement, de la mitaine remise à sa place comme de la botte rattachée, devient conscience suraiguë de ma place dans le monde.

1. Bœuf musqué, en inuktitut.

Poème blizzard

Rien de mieux que le blizzard. Ça vous blanchit tout, ça vous ralentit. Les avions se taisent, les chiens n'aboient plus. Même les skidous font dodo. Il n'y a plus que le silence vibrant de la poudrerie. Vive le blizzard, le bon vieux réconfortant ! On s'y encoconne, on s'y recroqueville, on y reprend des forces avant d'autres départs. Le blizzard pince la peau, il s'infiltre dans le cerveau, c'est un pied de nez pour l'agité, du brouillage pour l'ordinateur. Entre les cils et le thalamus, il entraîne la volupté. Imprévisible blizzard. Alors qu'il faisait grand soleil : zoum ! il vous efface la maison d'en face, il vous la cache et l'ensevelit. Vous ne rentrez pas chez vous. Vous dormez chez Calaï ou chez la belle Magalie. Vous faites peau neuve sous l'édredon en poil de loup blanc. Vous roupillez quand la pagaille règne dans la civilisation. C'est le repos du lemming, l'heure de la prière à la déesse-mer, celle qui bâille sous trois mètres de glaces qui s'en balancent de tous les blizzards.

Abécédaire d'un coureur de froid
(selon la consigne proposée par Yves Laroche)

A comme autoportrait. Qui suis-je? Petit, mais fort en verbe, et, surtout, fou de joie devant les outardes elles-mêmes folles de joie, en automne comme au printemps. Excité, surexcité par le moindre départ, l'aventure en montagne ou le long de flancs glacés, ou au centre de grands lacs givrés, en janvier, ou dans la sloche de février sur une rivière de la Côte-Nord. Tout content d'organiser ma vie autour de la joie de parler et de partager la parole, conscient du service rendu aux autres grâce à l'enseignement, en médecine comme en littérature, l'écriture étant une manière de peaufiner la pensée pour que le verbe ait encore plus de poids, tout en ajoutant l'essentiel: la légèreté.

B comme blason personnel, qui est la loutre. Totem de jeunesse, chez les scouts. Loutre laborieuse toujours contente de construire un pont, un ponceau, une tour de guet, une cabane. Joie de jouer en canot sur une rivière en crue quand la glace perdure en avril, pareil à une loutre de toutes les libertés, pour paraphraser le poète Saint-Denys Garneau, qui était plutôt un chevreuil, un petit *buck* quand il canotait sur la grande rivière Jacques-Cartier au cours des années trente tout en songeant aux belles femmes de sa vie.

C comme culture, la culture faisant foi de bien des harmonies en ce qui concerne l'humanité. Sans la culture, l'humain seulement occupé par sa « nature » court le danger de se perdre dans les méandres de la survie, de la barbarie et même de la folie. Culture essentielle afin de créer la littérature, cette parole nécessaire aux humains pour qu'ils puissent s'élever au-dessus de leur nature première afin d'aborder cet état de « surnature » qui s'appelle le divin. Culture qui doit cependant toujours demeurer ancrée dans la nature — animale, végétale et minérale —, si déterminante pour la condition humaine. Le paradoxe nature-culture restera toujours la grande et vaste affaire : une seule rose vivante vaut mieux que cent mille milliards de roses en plastique.

D comme devise personnelle (parce qu'il faut constamment se méfier de tout type de devise professionnelle). Devise comme « fais ce qui doit être fait », ou, comme c'est le cas du bon docteur Rieux, en Algérie, dans le roman *La peste*, de Camus, accomplir son devoir sans attendre la gloire, l'argent ou le pouvoir. Mais que de difficultés majeures pour quiconque tente de faire son devoir en toute liberté, sans que le diktat social finisse par imposer une démesure nazie ou un capitalisme débridé. « Fais ce qui doit être fait », mais dans la mesure où l'éthique, une éthique sévère, issue des forces de l'âme elles-mêmes, ramène constamment à la grâce (celle dont parle la philosophe Simone Weil dans *La pesanteur et la grâce*).

E comme études. Études en médecine, en littérature et en philosophie. J'aurais été un triste mécanicien, n'ayant le goût du cambouis que lorsque je suis en panne très loin, dans la toundra, et seul, absolument obligé de réparer une motoneige pour ne pas crever. Quel dépressif technicien en électronique j'aurais été puisque toute forme de pitonnage finit par m'exaspérer. C'est avec le temps que je me suis rendu compte que j'étais d'abord un esprit qui aime les sparages aériens, les grandes envolées, les délires avec cris de joie, les bras levés au ciel, une fois le sommet d'une haute montagne atteint. Pourquoi ? Parce que là, en montagne (comme tout au fond d'un désert, qu'il soit chaud ou froid), mon âme, enfin, peut planer, libérée de bien des pesanteurs.

F comme film. Woody Allen constitue pour moi le prototype du cinéaste génial. Homme de films hilarants comme *Tout ce que vous avez toujours voulu savoir sur le sexe* *sans jamais oser le demander* ou de films aux sujets hautement existentialistes comme *Crimes et délits*, qui est la suite logique d'un des romans les plus puissants de Dostoïesvki : *Crime et châtiment*. Woody le fou, Woody le drôle, Woody le psychanalysé pendant plusieurs décennies, mais qui sut créer à partir de ses propres ombres, de ses propres lubies, de ses propres angoisses. Woody le chercheur d'absolu malgré sa très nette tendance à ne croire qu'en l'humain. Woody, clarinettiste inspiré, qui fit le pari, avec ses copains musiciens de New York, d'embrasser cent fois à pleine bouche Julia Roberts, pari qu'il gagna en créant un rôle parfait à l'actrice hollywoodienne dans *Everyone says I love you*. Un psychanalyste dit un jour : il existe deux grands types de cinéma, le « woodien » et « l'hollywoodien ».

G comme goût. Goût du risque, de tous les risques, mais jusqu'à un certain point, sans témérité, sachant que risquer sa vie ne peut que lui donner plus de sens. Exemples : franchir un rapide classé 4 au cours d'une descente de rivière dans le Grand Nord ou escalader une montagne par – 32 °C. Goût de donner du piquant à une vie de trop grand confort et de relative sécurité qui peut devenir insignifiante si elle n'est pas nourrie d'aventure, de quête, d'envie de beauté sauvage et d'amours prolifiques. Goût de mordre dans la vie jusqu'à la mort annoncée, la grande mort, un loup aux aguets, les canines acérées, le museau entre les pattes en attendant le trépas du coureur de froid.

H comme humanisme. Obligatoire humanisme, qui demeure un mot piège pour quiconque se considère comme un humaniste. Danger de devenir bien-pensant, donc petit ou grand bourgeois, donc grand jugeur des autres et des blessés de la vie et des chancelants et des pauvres de corps ou d'esprit. Quel beau mot, cependant, qu'humanisme, porteur de tant de dignité. Mais ne jamais oublier que les actes les plus humanistes n'ont l'air de rien, ou ressemblent à des anarchismes ou à des clowneries, et que toute charité bien organisée qui donne bonne conscience n'est pas un véritable humanisme. Quand Jean Vanier, fondateur de l'Arche, un ensemble de communautés répandues à travers le monde et qui se consacrent aux handicapés mentaux, professe que l'essence de l'humanité dépend de ses handicapés, de ses pauvres et de ses démunis, il manifeste un humanisme de qualité, quasi absolu, le seul qui en vaille la peine.

I comme inspiration, nécessaire pour saisir le pouls du monde et du cosmos qui bat dans notre tête comme dans notre cœur. L'Âme du monde nous inspire et conditionne l'existence même de notre âme personnelle. Inspiration liée à cette puissante impression de la présence de l'âme inscrite au sein de l'Âme du monde, seule manière d'arriver à l'essence d'un texte, à ce silence imposant qui ne peut être révélé que par cent millions de mots, de signes, de notes et de ponctuations. Inspiration personnelle et terrestre appelée à l'inspiration universelle.

J comme *je*, ce « je me moi » qui fonde les bases de la personne humaine, bien que Rimbaud ait prononcé cette phrase qui fit tant couler d'encre : « Je est un Autre ». Mais « je me moi », mon ego, ma personne, cette entité que je connais, sachant bien que j'y pense (en posant le « je pense, donc je suis » cartésien), cette manière d'être dans le monde en considérant le monde comme extérieur, rend anxieux tout *je* face à l'autre. À un moment, le *je* doit éclater, l'ego anéanti étant le seul gage de la vraie liberté. Quand le *je* d'égotisme fait place à tous les autres *je*, le sien y compris, l'Amour du monde, enfin, gagne du terrain. Jeu du *je* qui doit exister tout en restant bien identifié afin d'accepter la présence de tous les *je*.

K comme karma. La destinée la rose au bois. Karma/destinée. Quel immense labeur pour tout être en devenir que de chercher quelle est la voie qui le gardera le plus longtemps en harmonie dans le monde avec le monde ! Karma, mot d'inspiration asiate : chemin de vie prédestiné, mais qu'il faut reconnaître en n'oubliant pas que les jeux de la liberté obligent à « choisir » son karma. Les dieux n'ont pas le pouvoir d'interférer avec la destinée humaine à cause de cette même liberté de choix, si essentielle au bonheur humain. Bien que tout semble de prime abord livré au hasard cosmique, il existe sans contredit des hasards nécessaires qui s'amalgament à la liberté liée au plus heureux des hasards, c'est-à-dire celui de mourir en paix et en joie, enfin libéré.

L comme littérature. Finale, terminale, mais en même temps initiale. Depuis les commencements du monde, la parole et le langage ont déterminé l'humanité. Littérature de toutes les histoires, les plus grandes étant sans conteste les plus simples, comme celle du *Petit Prince* de Saint-Exupéry. L'énigme est celle-ci : pourquoi quelques mots, quelques pages, une simple histoire d'enfant qui accepte de se laisser mordre par un serpent pour retourner sur sa planète d'origine, pourquoi un conte arrive-t-il à remuer le cœur et l'esprit ? Comment la littérature parvient-elle à relier entre eux les humains de toutes les conditions comme de tous les pays ? Est-ce parce qu'elle finit, entre les mots, par révéler, mais toujours sans le dire exactement (et donc avec une profonde irrationalité), une vérité, « la » vérité qui sous-tend toute activité humaine ? Littérature, porteuse du sacré du monde malgré toutes les évidentes profanations auxquelles elle semble devoir consentir pour évoluer. Littérature : manifestation des actions les plus mystérieuses de la psyché, d'où sa pérennité dans l'Histoire.

M comme métier. Comme l'écrivit Cesare Pavese, l'écrivain italien, vivre demeure le seul grand métier. Pourtant, il faut bien, un jour ou l'autre, accepter de choisir un métier pour gagner sa vie. Car sans travail qui fournit le sentiment d'accomplissement, l'existence humaine peut sombrer dans la pire des insignifiances, la grande insignifiance étant liée à l'absence de sens. Le métier de déboucheur de tuyaux est étrangement un métier qui fait siffler les êtres, malgré la puanteur. Ô cette joie de servir à quelque chose, à quelqu'un ! Et si, par hasard, une action vaut une rémunération, ne jamais oublier que la seule grande rémunération demeure l'affection de celui ou de celle qui profite de cette action. Je dis cela en sachant comment cet énoncé se rapproche du cliché. Mais le métier de vivre demande qu'on utilise parfois des clichés.

N comme naissance, dans un pays maintenant nommé Saguenay, d'une mère grande farceuse et d'un père ouvrier, d'une mère qui se prit pour la Poune toute sa vie (ou que son fils confondit avec la Poune même si cette mère ne voulait que jouer la comédie quand elle retirait son dentier pour faire rire la galerie), tandis que le père restait en guerre contre toutes les difficultés de la quotidienneté, les mains cassées, la tête en rage devant les empêcheurs de vivre en rond. Mais ce père tint bon dans cette entreprise de faire vivre ce qui était né, un jour de mars 1954. Aujourd'hui encore, je dois à une femme et à un homme, qui furent indubitablement amoureux pendant plusieurs années, une existence qui aurait pu être autre chose, du genre cancrelat sur la planète Artémis ou flegme d'ichtyosaure sur un astéroïde en perdition directement propulsé vers le plus grand trou noir d'une galaxie tout près de chez vous.

O comme œuvre-phare, celle de Hermann Hesse pour la brillance et les paroles initiatiques, ou celle de Jacques Poulin pour sa tendresse et sa splendeur d'âme, ou celle de Milan Kundera pour le sens du rire et de la plaisanterie, ou celle d'Albert Camus et d'Antoine de Saint-Exupéry pour la place si essentielle qu'ils laissent au sens de l'existence. Œuvre-phare dans une vie: *Hamlet*, de Shakespeare, qui permet au lecteur de se rendre compte des faramineux dangers de toute intelligence qui accepte de s'éloigner des chemins de la rédemption.

P comme patrie d'élection. Le désert froid, la toundra, mais aussi la taïga. Toundra et taïga de la péninsule Québec-Labrador, lieux de grandes envolées pour l'âme grâce à leur silence, à leur lumière, à leur sévérité pierreuse pleine de vie. Il y a aussi la haute montagne, la très haute montagne, au delà de la ligne de végétation, mais qui se situe en Europe, en Asie et en Afrique. Quant à ma patrie sociale, elle demeure le Québec français. Je devins un jour Québécois et je le demeure. Je considère maintenant mon devoir d'homme vieillissant d'accompagner les plus jeunes de ma société, mes enfants comme mes étudiants, dans une quête identitaire qui prend plus que jamais valeur d'avenir. En tant que nomade, j'ai souvent eu envie de quitter ma patrie. Quand je suis parti, c'était pour y revenir, sachant que mon enracinement dans le bonheur dépendait de cette source vive qui, malgré ses écueils et ses errances, reste mon meilleur avenir.

Q comme qualités (et défauts). Comme on a toujours le défaut de ses qualités, je dirais... ma qualité est d'aimer foncer en canot dans le courant d'une rivière vive de manière à devenir moi-même remous et goutte d'eau et cosmos. Intégration de mon âme grâce à mes bras et à mon cerveau, dans l'Âme du monde. Le défaut est cette faiblesse de ne pas vraiment aimer la quotidienneté qui demande de se nourrir et d'affronter les petites choses de la réalité. La joie, ultimement, se trouve pour moi dans l'exaltation de l'être fondu à sa nature. Cela est dangereux. Cela finit par être épuisant, pour soi-même, mais encore plus pour les autres. Mais cela en vaut la peine.

R comme rêve qui est de défier le Néant. Une fois la mort assumée et consommée, reconnaître que, dans le Grand Tout cosmique, la joie continue de régner puisque c'est l'Amour, l'Amour de type « agapan », l'Amour gratuit qui donne son sens à l'évolution des galaxies et des trous noirs. Rêve que mon existence ne soit pas qu'une simple excitation de sangsue dans une flaque de boue. Rêve que mon appartenance heureuse à la Terre, celle qui me fait virevolter si souvent, ne soit pas qu'illusion, chimère ou fantasmagorie. Rêve que mon chemin d'aventure me conduira à plus de force sereine, ce qui me permettra, quand viendra le temps, de saluer avec un clin d'œil la Grande Faucheuse qui cognera à ma porte.

S comme sens. Le sens fait foi de tout le reste. Le grand combat, celui de chaque instant, c'est de rester dans le Sens. Sens du monde comme Sens de soi-même dans le monde. J'aime mettre une majuscule à ce mot, de la même façon que si je laisse une minuscule au mot « dieux », je choisis la majuscule à Dieu. Le Sens m'apparaît associé à l'Absolu alors que tout, tout peut sembler relatif. Dans le règne des relativités générale et restreinte si génialement décrites par Einstein, il existe un état de religiosité cosmique auquel aimait croire le physicien pour qui le Sens du monde ne dépendait pas du seul Hasard, ce qui le fit s'exclamer : « *Gott würfel nicht*! Dieu ne joue pas aux dés ! »

T comme travail. Incessant labeur. Obligatoire recommencement au cœur des choses, mais encore plus en contact avec les autres, les enfants, les amours, les aimés, mais aussi avec les inconnus et même les ennemis. Travail assidu à refaire chaque jour, chaque heure, chaque minute, pour que l'amour renaisse. Travailler non à l'œuvre ou à la gloire, mais à l'Amour du monde. Travailler à combattre les forces d'inertie et d'anomie qui tendent à oblitérer l'Amour du monde.

U comme utilité. Qu'est-ce qui est vraiment utile ? Aimer. Ou tenter de rester en état d'amour. Aimer bûcher du bois quand fond la neige et que les merles reviennent fouiller le sol mouillé parce que les arbres aiment donner aux humains leur sève et leurs branches. Aimer marcher en forêt boréale ou dans la montagne ou dans la taïga ou dans la toundra, ce qui est utile pour empêcher la morosité de s'emparer d'un cerveau trop stressé. « Conquérants de l'inutile ! » furent appelés les alpinistes comme Edmund Hillary, Tenzig Norgay ou Reinhold Meisner ou Bernard Voyer, qui savaient tous, au fond d'eux-mêmes, à quel point l'inutile peut être utile. De la même façon, sans les cent mille petits gestes d'utilité qui permettent de passer à travers nos travaux et nos jours, comment oserions-nous rêver de ce grand inutile qu'est l'Amour désincarné.

V comme vocation. La seule chose qui importe quand on a treize, seize ou vingt-deux ans, c'est la vocation. Savoir écouter cet appel de l'âme quand la vocation se manifeste. Tout le sens de l'existence d'un individu dépend du chemin vocationnel qu'il aura choisi. Le difficile, c'est de choisir dans le fatras de sa vie, dans le bruit, dans le chaos sociétal. La raison parmi toutes les raisons qui fait tomber à genoux dans le cours de son existence, c'est l'oubli de sa vocation première. Petit cri d'oiseau nu, un matin de mai, quand l'être se sent capté par une lumière qui lui signifie, clairement, mais seulement pendant une fraction de seconde : voilà ta vocation ! Suis-la, envers et contre tous ! Vogue ! Quoi qu'il t'arrive, sache que tu auras été heureux ! « Quand tu verras l'oeuvre de ta vie détruite et que tu voudras recommencer, tu seras un homme, mon fils ! » écrivait Rudyard Kipling, l'auteur du *Livre de la jungle*.

W comme Woh ! c'est assez ! Assez le bitume, le béton et l'asphalte ! Assez les architectures à détruire deux mois plus tard parce que trop essentiellement dictées par les seules lois de l'argent et de la matérialité. Woh ! aux développements domiciliaires qui oublient de laisser un arbrisseau debout à cent lieues à la ronde. Woh ! aux déchaînements du matérialisme, de l'intellectualisme abscons et du pragmatisme sans poésie dans les sociétés contemporaines des cinq continents, et cela malgré les meilleures raisons apparentes. Car si la Nature, comme toujours, demeure le Grand Obstacle, elle constitue aussi le Grand Moteur. L'humain coupé de la Nature comme de « sa » nature première ne peut que périr.

X comme xénophilie, qui est un oui à l'amour de l'autre. L'autre, c'est toujours soi, mais en différent, en contraste, en complémentaire. Le yin a constamment besoin du yang au cœur du grand Qi vitaliste et mouvant. La rationalité est absolument tributaire de l'irrationalité pour que l'esprit puisse voguer en toute liberté. Avec xénophilie, j'aime les Indiens parce que j'en suis un quand je blague, le soir autour d'un feu de camp, lorsque je me couche sur le sol pendant une soirée de poésie, quand je descends une rivière en canot, quand je ne suis pas prisonnier d'un horaire qui rend l'humain plus rigide qu'un robot.

Y comme Youpi ! l'école est finie ! C'est le temps de faire son bagage et de partir, à pied, à bicyclette ou en kayak de mer, ou avec une petite roulotte ou équipé d'une tente légère afin de couvrir le monde et de s'ouvrir aux autres de manière à découvrir ce trésor dont parle le petit Prince dans le conte de Saint-Exupéry. Le vrai trésor, il se trouve au centre de la cage thoracique, bien qu'il ne puisse être découvert que par un voyage, qu'il soit intérieur ou extérieur. Les grands voyages vers l'intime demandent souvent un voyage plus « réel », plus physique, plus aérien, plus chtonien, plus proche des abysses. L'abysse du cœur se rejoint souvent par la plongée dans les abysses de la Terre, notre Mère.

Z comme zèle. On zèle par – 40 °C. On se les ailes, comme les oiseaux, quand le vent se lève et qu'on choisit tout de même de décoller. Zèle de l'humain fou de joie qui, un jour, à dix-sept ans, comprend que la liberté, c'est de ne devoir rien à personne, tout en reconnaissant que le grand devoir est de rester en amour avec l'inconnu, les autres, même les étrangers. Zèle de l'être happé par la joie qui sait qu'il faut d'immenses peines pour saisir toute la valeur de la joie. Et comme l'écrit Saint-Denys Garneau dans *Regards et jeux dans l'espace* :

Joie de jouer ! paradis des libertés !
Et surtout n'allez pas mettre un pied dans la chambre
On ne sait jamais ce qui peut être dans le coin
Et si vous n'allez pas écraser la plus chère des fleurs invisibles

Provenance des textes

Âme, foi et poésie, Montréal, Éditions XYZ, 2008
«Médecine et poésie», p. 19 à 42
«Les étudiants», p. 61 à 78
«Dieu, foi et poésie», p. 91 à 102
«Les mots», p. 103 à 111

Entre le chaos et l'insignifiance, Montréal, Éditions XYZ, 2009
«Le problème du mal» (intitulé «Prologue» dans le recueil), p. 11 à 16
«Vide amour et barbarie», p. 17 à 26

Au nord de nos vies, Montréal, Éditions XYZ, 2006
«Papy», p. 84 à 98
«Toi, mon patient», p. 99 à 108

Du fond de ma cabane, Montréal, Éditions XYZ, 2002
«Palestrina ou le chant du monde», p. 95 à 103
«L'âme du monde», p. 105 à 115

Toundra/Tundra/ᓄᓇᑐᐊᓇ, Montréal, Éditions XYZ, 2009
«Un ami», p. 61
«Au nord de la terre», p. 69
«Vivre», p. 99
«Vivre ne suffit pas», p. 125

Nunavik/Carnets de l'Ungava, Montréal, Éditions Les heures bleues, coll. «Les carnets», 2000 (avec des photographies d'Alain Parent).
«Soleil nucléaire», p. 13
«Le nordiste», p. 19

« Le lagopède », p. 35
« Extrêmement », p. 39
« Le poème-toundra », p. 48
« Tuktu », p. 57
« Le chasseur », p. 58
« Quand les outardes passent », p. 65
« Au Nord », p. 79
« Poème blizzard », p. 105.

« Abécédaire d'un coureur de froid » est un inédit.

Table des matières

Du même auteur aux Éditions XYZ

Un dernier cadeau pour Cornélia, nouvelles, Montréal, XYZ éditeur, 1989.

Le coureur de froid, roman, Montréal, XYZ éditeur, 2001.

Du fond de ma cabane. Éloge de la forêt et du sacré, méditations, Montréal, XYZ éditeur, 2003.

Nomades en pays maori. Propos sur la relation père-fille, récit, Montréal, XYZ éditeur, 2003.

L'île de Tayara, roman, Montréal, XYZ éditeur, 2004.

Au nord de nos vies, récits, Montréal, XYZ éditeur, 2006.

Âme, foi et poésie, essai, Montréal, XYZ éditeur, 2007.

La Poune ressuscitée, roman-théâtre, Montréal, XYZ éditeur, 2007.

Entre le chaos et l'insignifiance, histoires médicales, Montréal, XYZ éditeur, 2009.

Toundra/Tundra/ᓄᓇᑐᐊᓇ, poésie, Montréal, Éditions XYZ, 2009.

L'esprit du Nord. Propos sur l'autochtonie québécoise, le nomadisme et la nordicité, essai, Montréal, Éditions XYZ, 2010.

Vivre ne suffit pas, anthologie, Montréal, Éditions XYZ, 2011.

Nepalium tremens, roman, Montréal, Éditions XYZ, 2011.

L'accoucheur en cuissardes, histoires, Montréal, Éditions XYZ, 2015.

La route sacrée, récit, Montréal, Éditions XYZ, 2017.

Être et n'être pas. Chronique d'une crise nordique, récit, Montréal, Éditions XYZ, 2019.

L'irrationalité nécessaire. De Platon à Einstein : les poètes, Montréal, Éditions XYZ, 2020.

Nous sommes poésie. Discussions sur la poéticité essentielle, Montréal, Éditions XYZ, 2022.

Réimprimé en janvier deux mille vingt-deux
sur les presses de l'imprimerie Gauvin,
Gatineau, Québec